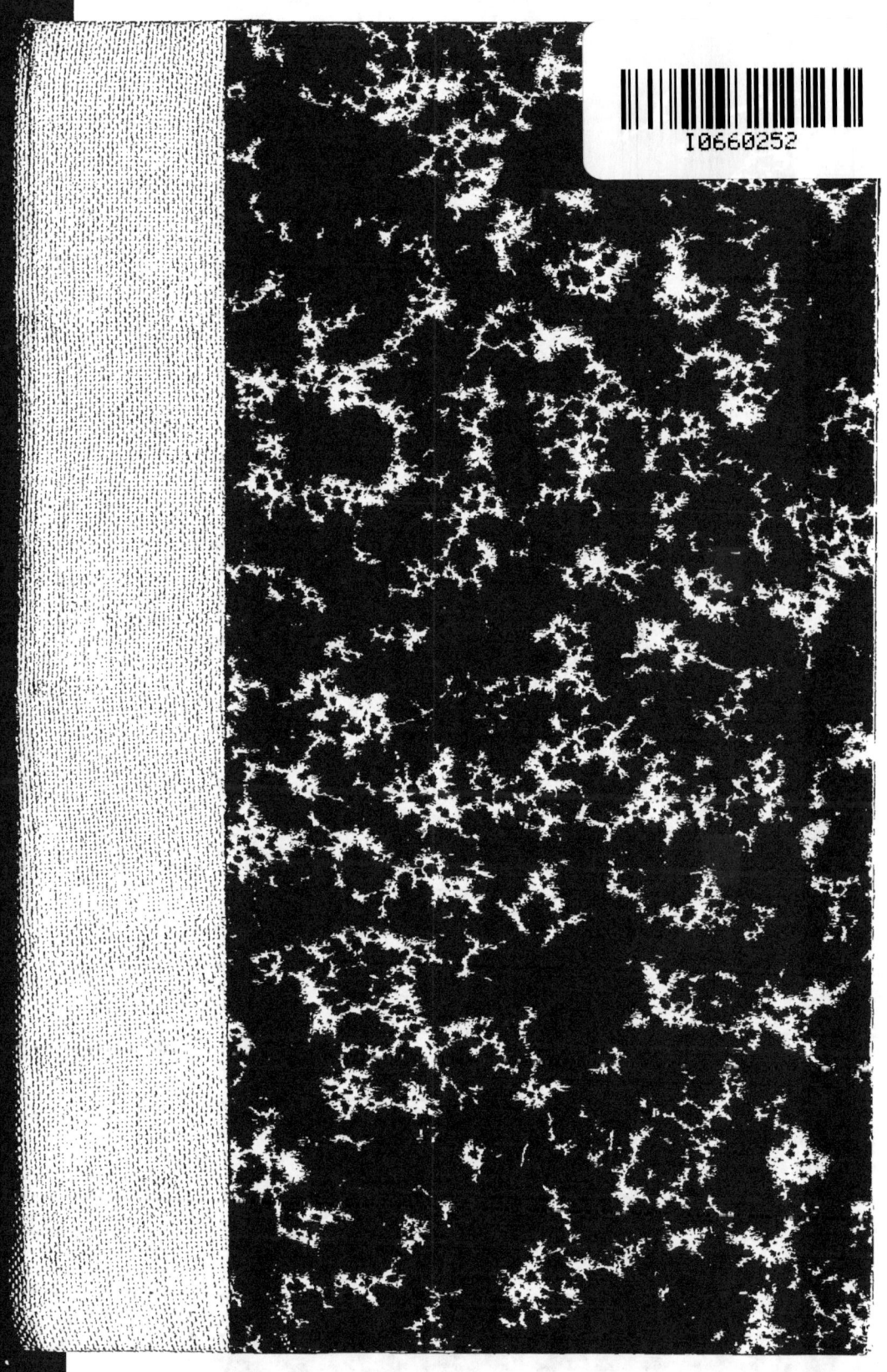

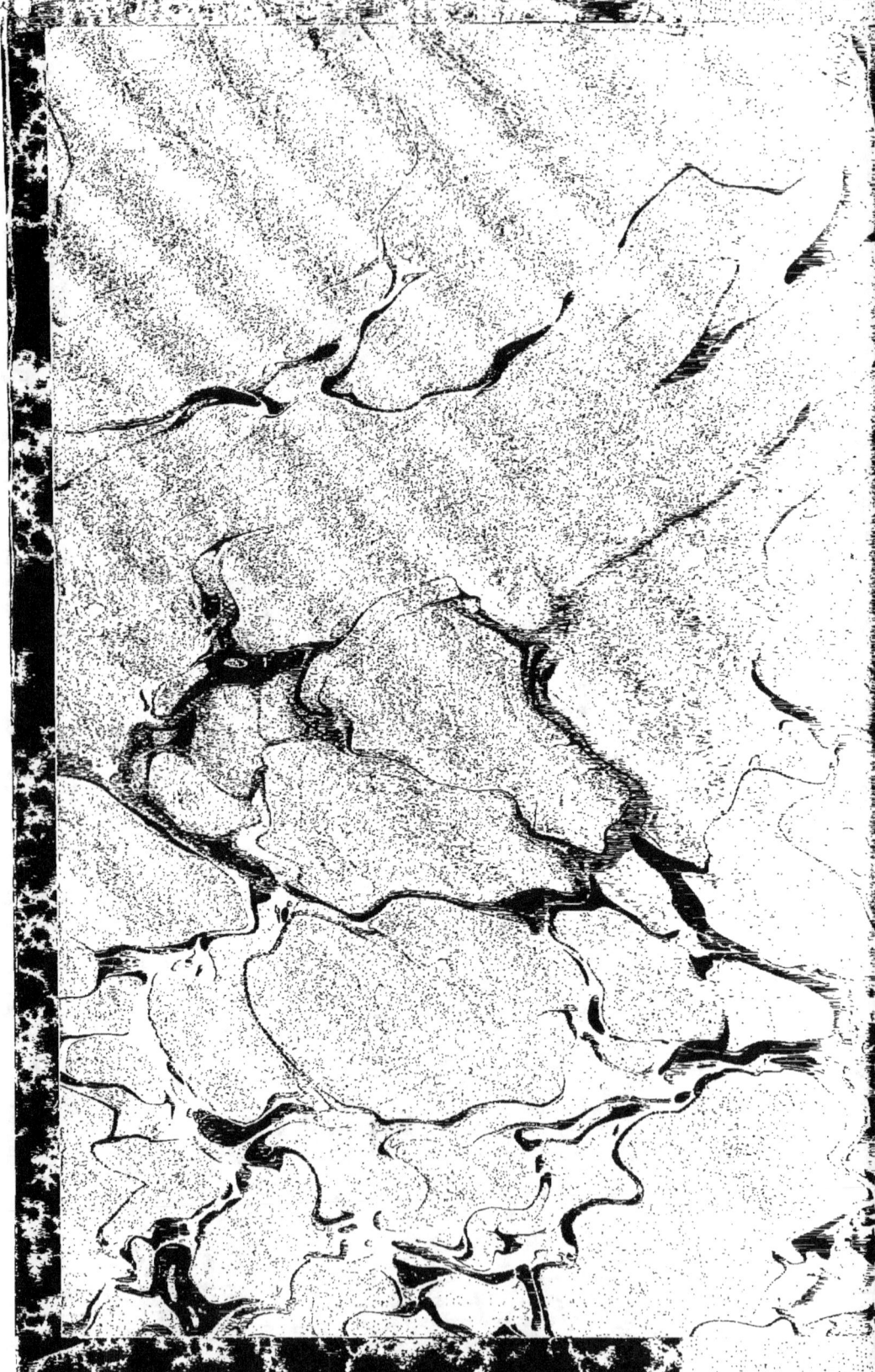

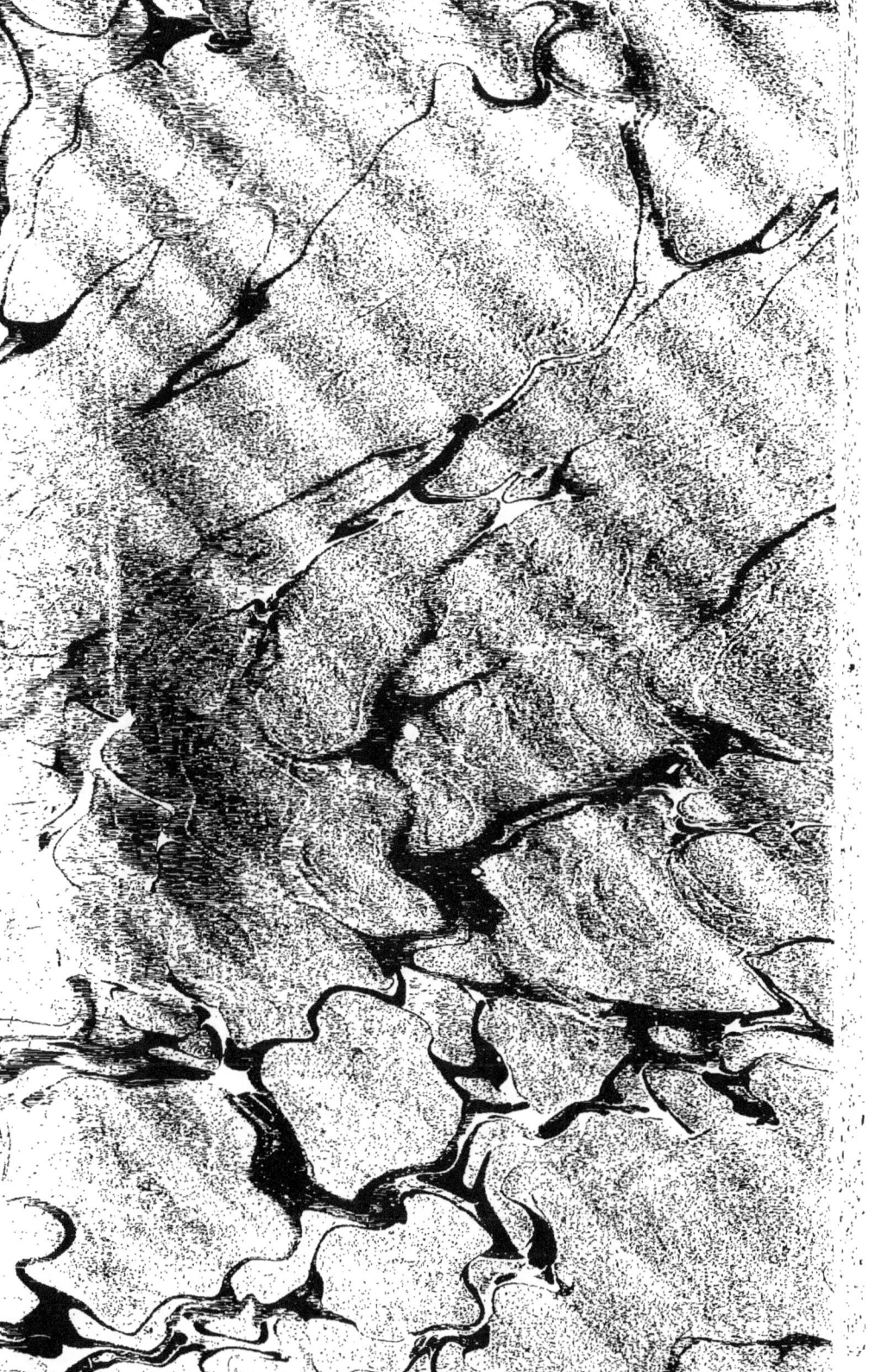

6886

ADOLPHE BELOT

LE

PIGEON

PARIS

E. DENTU, ÉDITEUR

LIBRAIRE DE LA SOCIÉTÉ DES GENS DE LETTRES

PALAIS-ROYAL, 15-17-19, GALERIE D'ORLÉANS

PIGEON

AUTRES ROMANS

D'ADOLPHE BELOT

Collection grand in-18 jésus à 3 francs le volume.

LA VÉNUS NOIRE. . . . . 1 vol.
  (Suite et fin de la *Fièvre de l'Inconnu*.)
LA FEMME DE GLACE . . . . 1 —
UNE JOUEUSE . . . . 1 —
LES ÉTRANGLEURS . . . . 1 —
LA GRANDE FLORINE. . . . . 1 —
  (Suite et fin des *Étrangleurs*.)
LE ROI DES GRECS . . . . 2 —
FLEUR-DE-CRIME . . . . 2 —
LA BOUCHE DE MADAME X***. . . . . . 1 —
LES FUGITIVES DE VIENNE. . . . . . . 1 —
REINE DE BEAUTÉ. . . . . 1 —
LA PRINCESSE SOPHIA . . . . 1 —
  (Suite et fin de *Reine de beauté*)
LA TETE DU PONTE. . . . . 1 —

ROMANS ÉCRITS EN COLLABORATION

AVEC M. ERNEST DAUDET :

LA VÉNUS DE GORDES . . . . 1 vol.

AVEC M. DAUTIN :

LE SECRET TERRIBLE. . . . . 1 —
LE PARRICIDE . . . . 1 —
DACOLARD ET LUBIN . . . . 1 —
  (Suite et fin du *Parricide*.)
LA BOSSUE . . . . 1 —

LE PIGEON

Paris.— Imp. PAUL DUPONT, rue J.-J.-Rousseau, 41 (Cl.) 16.2.84

ADOLPHE BELOT

LE

PIGEON

PARIS

E. DENTU, ÉDITEUR

LIBRAIRE DE LA SOCIÉTÉ DES GENS DE LETTRES

PALAIS-ROYAL 15-17-19, GALERIE D'ORLÉANS

1884

LE PIGEON

Après un long hiver parisien, mouvementé, accidenté, parfois tumultueux, on éprouve un profond bien-être, une sorte de volupté douce, à se retrouver dans les lieux tranquilles où s'est écoulé l'été précédent, dans la campagne désertée depuis six mois.

Rien n'y paraît changé. Un beau soleil éclaire comme autrefois la maison où les enfants ont grandi en pleine liberté, en pleine lumière. Le jardin qui entendait leurs rires et voyait leur jeux est déjà verdoyant et les peut ombrager.

1

A l'extrémité de la pelouse, au bord du bois, la petite chaumière transformée en cabinet de travail abrite, sous son toit, une nichée d'oiseaux, ceux de l'année dernière, qui sont revenus parce qu'ils se sentaient aimés.

Tout parle, tout chante, tout sourit à celui qui, après une longue absence, visite au printemps sa maison d'été. « Ah, te voilà! dit l'arbuste en fleurs. Qu'as-tu fait, tandis que nous vivions tristement ici, les pieds dans la terre glacée, la tête dans le brouillard? Ingrat! Tu n'es pas venu nous voir une seule fois pendant ce long hiver, tu n'as pas daigné écarter la neige qui nous couvrait, pour savoir si nous n'étions pas morts, et si nous pourrions, au printemps, renaître, fleurir et reverdir pour toi! Comme tu as dû t'amuser, et comme tu nous amuserais à notre tour, si tu nous contais tes aventures. Ne crains pas de nous dire les plus piquantes. Nous ne sommes pas bégueules dans les environs de Paris. »

Mais, pendant que l'arbuste nous parle d'un ton léger et nous sourit même en nous grondant, là-bas, dans le bois, le vieux chêne et le hêtre, après s'être inclinés gravement sur notre passage, nous tiennent des discours plus sérieux.

« Que de nuits tu as passées, nous disent-ils, pour avoir tant pâli! Que d'émotions tu as dû éprouver! Comme il eût été plus sage, au lieu de nous fuir, le jour où nous avons perdu nos premières feuilles, de rester auprès de nous et de te chauffer avec nos branches mortes! Tu rapporterais aujourd'hui

moins de souvenirs peut-être, mais
aussi moins de déceptions et de regrets,
plus de santé et de contentement. Enfin, assieds-toi à nos pieds, sous notre
feuillage nouveau, et viens nous dire,
à nous les vieux habitants du jardin,
des amis de vingt ans, tes peines et
tes douleurs. »

Si, du jardin, on passe dans la maison, mille voix vous crient aussi : « Bon-
jour. Comment vas-tu? Sois le bien-
venu. » Par les croisées grandes ou-
vertes, le soleil pénètre à flots pressés
et reprend possession du domaine dont
les persiennes closes l'avaient banni.
D'un coup, d'un seul rayon, il chasse
l'humidité et déplace la poussière qui se
met à tourbillonner, à voltiger, si bril-
lante, si lumineuse, qu'elle ressemble à
de la poussière d'or. Il court réchauffer

les meubles qui grelottaient le long du mur, puis il monte et éclaire les portraits de famille. Les vieux parents endormis dans leur cadre, se réveillent, renaissent à la chaleur, à la lumière, et croient revivre.

Du premier étage, on monte au second, dans l'appartement des enfants. Là, le soleil pénètre encore plus joyeusement, comme s'il croyait retrouver déjà ses petits amis de l'été dernier. Il s'élance, il jaillit dans tous les coins, et illumine une foule de jolies choses : ici, le ménage ébréché avec lequel on a fait la dernière dinette ; à côté la pépée qui vient de dormir six mois la tête en bas, et qu'on a quitté pour les poupées parisiennes. Plus loin : deux lits. Celui-ci forme louis-seize laqué blanc, un lit d'enfant, assez long pour donner

asile, plus tard, à la jeune fille. L'autre
en acajou; c'est le lit de la grand'mère,
le lit où elle est morte, et c'est là que
dort la plus jeune, la toute petite, en
souvenir de celle qui l'aurait tant aimée.
C'est peut-être la grand'mère qui repose
toujours dans son lit, sous la forme
de sa petite fille. L'âme de la chère
morte est venue occuper ce corps d'enfant.

Lorsqu'on a tout revu, un peu fatigué, presque attendri, on retourne dans
le jardin reprendre la place favorite, et
pour plaire aux vieux amis qui l'habi-
tent, on essaye de se recueillir, de remonter dans le passé, de revivre le
dernier hiver, avant de vivre un nouvel été.

Mais ce passé, encore si proche qu'il
ressemble au présent, n'est pas tou-

jours facile à ressaisir. Notre mémoire
se montre souvent capricieuse et fan-
tasque : l'événement de la veille nous
échappe, tandis qu'un autre plus loin-
tain, qui devrait être effacé, apparaît
nettement. Plus on vieillit, plus les
souvenirs de la jeunesse et de l'enfance s'accentuent et revivent. La première partie de l'existence renaît au
détriment de la seconde. Nous revoyons,
comme si elle était devant nous, la
première femme aimée, nous avons
peine à nous rappeler les traits de l'a-
vant-dernière.

Aussi, malgré tous mes efforts pour
me rendre au désir des hôtes de mon
jardin, les souvenirs qu'a pu me laisser
l'hiver précédent m'apparaissent nua-
geux, confus, désordonnés. L'importance que j'attachais à certains événe-

ments, au moment où ils traversaient
ma vie, m'échappe aujourd'hui. Tout
me semble, terne, sans couleur, sans intérêt. Les jours ont succédé aux jours
et ne m'ont rien appris. J'ai vu, j'ai
entendu, je n'ai rien retenu.

— Voyons, voyons, décide-toi, nous
t'attendons ! me dit une giroflée très
odorante, mais qui ne paraît pas d'hu-
meur commode.

— Je ne trouve rien, suis-je obligé
de répondre.

— Cherche encore.

— Non, je t'assure.

— Tu ne nous diras pas que tu as
dormi, comme nous, pendant six mois.

— Non. Mais, je n'ai rien fait d'important.

— Tu n'as même pas travaillé ?

— Si, beaucoup, et c'est peut-être

pour cela que toutes mes journées se ressemblent, que je ne me souviens d'aucune aventure.

— S'il ne t'en est pas arrivé, tu en as inventé pour amuser tes lecteurs.

— Sans doute, plusieurs... C'est mon métier.

— Alors, dis-nous un de tes contes, conclut la giroflée.

— Oui, oui, font en s'agitant dans l'air toutes les autres fleurs nouvellement écloses, tous les arbustes voisins.

Je résistai d'abord. Par cette belle journée de printemps, sous les rayons de ce soleil dont l'hiver m'avait déshabitué, j'aurais préféré me recueillir, rêver, sommeiller, paresser, que de dire des contes. Mais les primevères me souriaient si gentiment, les violettes

1.

me suppliaient d'une voix si timide, la plate-bande voisine m'envoyait des parfums si doux, que je ne pus résister aux coquetteries de toutes ces charmeuses, et que je finis par dire :

— Eh bien soit ! Je vais vous raconter « le bébé incassable ».

Ces mots : bébé incassable, voltigent dans le jardin. La fleur les répète à la fleur, l'arbuste à l'arbuste. Puis, un grand silence se fait. Toutes les branches, toutes les tiges se penchent vers moi ; les oiseaux, comme s'ils voulaient aussi m'entendre, interrompent leurs chants, et les insectes qui se promenaient dans l'herbe restent immobiles.

LE BÉBÉ INCASSABLE

Les trois sœurs, Marthe, Jeanne, Yvonne, jouent dans le salon auprès de leur mère. Si on additionne leurs âges, on obtient trente années. La toute petite dernière n'a que huit ans, la cadette n'en a que neuf, mais l'aînée qui en a treize, complète les deux autres, rétablit l'équilibre et permet de faire la moyenne de dix années par tête.

C'est le 2 janvier. Aussi tout un monde de poupées, de ménages et de gros livres dorés sur tranche encombre-t-il le salon.

Marthe, la grande, assise sur un cous-
sin, parcourt un livre qu'elle a placé sur
les genoux de sa mère. Les genoux
d'une mère servent de table, de siège,
de refuge aux jeunes enfants. Lorsqu'ils seront grands, très grands, ils
ne craindront pas de se poser parfois à
la même place, par habitude, par câli-
nerie, et la mère ne se plaindra jamais
s'ils sont devenus trop lourds pour ses
jambes devenues plus faibles.

La cadette étale par terre un grand
ménage de porcelaine à son chiffre. Elle
compte les assiettes ; mais le compte
n'y est plus. Elle en a déjà cassé trois,
depuis la veille.

La toute petite, au lieu de jouer,
boude dans un coin. Pourquoi boude-
t-elle le 2 janvier? Ce n'est pas naturel,
au milieu de toutes ces belles étrennes.

Pourquoi aussi ses deux sœurs prê-
tent-elles l'oreille à tous les bruits, et
s'élancent-elles vers la porte dès que
le timbre résonne? Est-ce qu'elles attendent encore des étrennes ?

Oui, les étrennes qu'elles désiraient
le plus ardemment, qu'elles voyaient en
rêve depuis quinze jours, et que leur
avait promises un ami qui les a vu gran-
dir, qui les aime de tout son cœur, le
bon ami comme on l'appelle.

Quelques jours avant le jour de l'an,
il les a rassemblées devant lui et leur a
dit : « Que voulez-vous pour vos étrennes? » Elles s'attendaient à la question
et elles avaient comploté la réponse.
Aussi firent-elles d'une seule voix,
comme un seul homme :

— Un bébé incassable !

— Un bébé incassable, répéta l'ami.

Bien. Je prends note. Vous aurez cha-
cune votre bébé incassable.

— Non non, s'écria Jeanne. Il serait trop petit. Nous n'en voulons qu'un
seul, mais grand, grand, haut comme
cela, aussi grand qu'Yvonne.

— On en fait ?

— Oui, nous en avons vu.

— Et vous jouerez toutes les trois
ensemble avec la même poupée ?

— Oui, c'est convenu, reprit Marthe,
l'aînée. Je serai la grand'mère, Jeanne
la mère, et Yvonne la tante.

-– Quelle belle famille ! Eh bien, mes
chéries, vous pouvez compter sur un
bébé incassable, haut comme ça, pour
le 1ᵉʳ janvier, de bon matin.

Mais, le 1ᵉʳ janvier, le bébé incassable
n'était arrivé ni le matin, ni le soir.

« Ce n'est pas le bébé incassable, avait dit la mère avec un sourire, c'est le bébé invisible. » Au fond, elle était tout attristée du chagrin, de la déception de ses filles. Comment le bon ami les avait-il ainsi oubliées? C'était extraordinaire de sa part. Si, encore, il était à Paris, on lui écrirait : « Et la poupée, vous l'avez donc gardé pour jouer avec?» Mais il est allé passer le jour de l'an à la campagne, chez sa mère.

Le 2 janvier, au moment où Jeanne vient de casser une quatrième assiette, le timbre retentit. Aussitôt, Marthe quitte son livre, Jeanne son ménage, Yvonne son coin, et toutes les trois, alignées, attendent anxieuses.

Le bon ami paraît. On s'élance, on l'embrasse bien un peu, mais distraitement. On regarde surtout derrière lui.

Il apporte sans doute le bébé. Il le traîne par une jambe.

Non. Il est seul, tout seul. Rien dans les mains, rien dans les poches, rien par derrière.

Marthe, Jeanne, de grandes filles déjà, font la moue, sans oser se plaindre. Mais la toute petite qui n'a pas encore le sentiment des convenances, ne peut plus y tenir, et se met à crier :

— Et le bébé incassable ?

— Eh bien, êtes-vous contentes ? L'avez-vous trouvé assez grand ? demande le bon ami.

Étonnées, ahuries, elles se regardent, elles le regardent, elles regardent leur mère.

Celle-ci se décide à dire :

— Mais il est resté en route votre bébé... Il n'est pas venu jusqu'à nous...

et si vous saviez la vie qu'elles me font !

— Comment ! Je l'ai acheté avant-hier soir... On m'a promis de l'apporter hier matin.

— Vous aurez mal donné l'adresse.

— Du tout, du tout.

— Il y a erreur alors.

— Probablement... Je vous demande une demi-heure, mes enfants, et je vous rapporte votre bébé mort ou vif.

Il se sauve en courant. Le sourire est revenu sur les lèvres des enfants. Yvonne ne boude plus. Elle aide maintenant Jeanne à casser les assiettes.

Dix minutes s'écoulent. Un nouveau coup de sonnette. Le bon ami ne peut être encore de retour. C'est une visite sans doute.

Non. La femme de chambre entre et
dit à sa maîtresse :

— Il y a là un homme qui désire parler à madame.

— Que me veut-il?

— Il ne l'a pas dit, mais ça paraît
très important.

— Quel est cet homme?

— Je ne sais pas... Je le vois pour
la première fois.

— Où est-il?

— Dans l'antichambre.

— C'est bien. Je vais lui parler.

Elle se lève, sort du salon, laisse la
porte ouverte, et s'avance vers la personne qui l'attend.

C'est un homme d'une quarantaine
d'années, au sourire triste et doux. Sa
tenue est des plus modestes, convenable cependant.

— Que voulez-vous ? Qu'avez-vous à me dire ?

— Madame, je voudrais vous expliquer... Mais ce sera un peu long...

— Parlez. Je vous écoute.

Alors, d'une voix tremblante qui peu à peu se raffermit, il dit vite, très vite, comme s'il était pressé d'en finir :

— Madame, l'année dernière, à pareille époque, j'étais garçon de bureau dans une maison de banque... Mes appointements me suffisaient pour vivre et pour faire vivre ma femme et mes deux petites filles. Aussi, comme la maison dans laquelle je travaillais semblait prospérer, que la plupart des employés y plaçaient leur argent à gros intérêts, je fis comme eux, je donnai toutes mes économies et trois mille francs dont j'avais hérité... Mais, dans le courant de l'année, la maison a fait de mauvaises affaires, elle a cessé ses payements, puis on a renvoyé tous les employés et fermé les portes... J'ai perdu non seulement tout ce que je possédais, mais aussi ma place.

Il s'arrêta, reprit haleine, et les yeux baissés, tortillant dans ses doigts agités son chapeau mou, il continua :

— J'étais désespéré, mais on n'a pas le droit de se laisser aller au découragement, lorsqu'on a une femme et des petits enfants. Je me mis à chercher une nouvelle place. Hélas ! Je n'en trouvais pas. Partout on me disait : « Les affaires sont mauvaises, en ce moment. Nous n'avons que trop d'employés. Revenez plus tard, on verra. » Je revenais pour entendre la même réponse... Ah ! Quelle situation !... Et j'étais obligé de la cacher à ma femme... Elle était très malade... Elle se mourait d'une phtisie... Elle est morte le mois dernier.

Mme X***, debout, appuyée contre une console, à trois pas de l'homme qui parlait, l'écoutait sans grande émotion. Son histoire ressemblait à toutes celles que débitent d'ordinaire les besoigneux, les quémandeurs à domicile. Elle était tentée de dire : « Voyons, je me fatigue là, debout, à vous écouter... Finissez... Que voulez-vous ? Cinq francs, n'est-ce pas ? Les voici. » Mais elle se taisait parce que cet inconnu inspirait une sorte de sympathie irraisonnée. Et puis, les trois petites filles, trouvant la porte du salon ouverte et voyant leur mère dans l'antichambre, l'avaient rejointe, et, serrées l'une contre l'autre, regardaient de tous leurs

yeux, écoutaient de toutes leurs oreilles.
Elle n'osait pas devant ses filles interrompre ce pauvre homme, le renvoyer
trop brusquement. Elle avait pour prin-
cipe qu'on doit apprendre de bonne
heure aux enfants à faire la charité, et
à écouter, sans impatience, les plaintes
des malheureux.

L'homme continuait :

— Mes dernières ressources s'étaient
épuisées pendant la maladie de ma
femme... J'étais dans la misère, tout à
fait dans la misère, que je ne connaissais pas, que j'avais espéré ne jamais
connaître... Elle est encore plus pénible,
voyez-vous, madame, à ce moment de
l'année, parce que dans les rues, sur les
promenades, tout a un air de fête. Les
magasins brillent, étincellent. On ren-
contre à chaque pas des gens qui por-

tent des fleurs, des bonbons, des cadeaux... Et toutes ces petites boutiques le long des boulevards, avec leurs jouets!... Ah! c'était là surtout ce qui me faisait mal... Des jouets, mes enfants n'en auraient pas!... Cependant, quelques jours avant sa mort, ma femme, avait murmuré à mon oreille en montrant ses filles : « Je n'irai pas jusqu'au nouvel an... Tu leur donneras de belles étrennes pour moi. »

Comme il disait ces derniers mots, de grosses larmes longtemps contenues, longtemps refoulées, jaillirent de ses yeux, coulèrent sur ses joues.

L'émotion avait gagné Mme X^{***}. Elle n'était plus accoudée négligemment sur la console. Elle s'était redressée et appuyait ses mains sur les trois têtes pressées contre elle et ne formant qu'un tas.

Il essuya ses larmes, affermit sa voix et reprit :

— Si ma femme avait songé aux étrennes dans ses derniers moments, mes filles ne les avaient pas oubliées. Elles ne savaient pas comme j'étais pauvre, misérable... A quoi bon le leur apprendre ? Auraient-elles compris du reste?... Le soir, lorsque je revenais, après mille courses inutiles, toujours à la recherche d'une place, elles m'entouraient et me disaient : « Papa, tu penses à nous n'est-ce pas, pour le jour de l'an ? » Je répondais : « Oui, oui, je pense à vous mes enfants, je pense à vous toujours. » Alors, l'aînée encouragée par mes paroles, par mes sourires, me dit à la fin de décembre : « Nous avons envie, ma sœur et moi, d'une belle poupée que nous avons vue l'autre

jour. — Ah ! une poupée ! Comment est-
elle ? — Très grande, très grande. On
appelle ça un bébé incassable. » Un
bébé incassable ! Je répétais à chaque
instant ces mots. Je devais les redire,
la nuit, pendant mon sommeil.

Marthe, Jeanne et Yvonne, depuis
qu'on avait parlé de la poupée incassable, écoutaient plus attentivement que jamais, et se serraient la main en silence.

— Il y a quelques jours, continua
l'inconnu, comme je retournais pour la
dixième fois dans un bureau de place-
ment, on m'apprit que X***, le grand
marchand de jouets, demandait des
hommes de peine pour porter des pa-
quets, et qu'il offrait de bons gages...
Je n'hésitai pas, je me présentai. On
m'accepta. Et, toute la journée, le soir,
aussi, on m'envoyait courir aux quatre

2

coins de Paris. J'aimais mieux cela que
de rester dans les magasins... La vue
de tous ces beaux jouets, de tous ces
parents, de tous ces enfants, qui venaient choisir, m'aurait rendu encore
plus triste... Je portais cependant des
jouets, toute la journée, à la main, sur
les bras, sur le dos, mais ils étaient
empaquetés, ficelés, je ne les voyais
pas... L'espoir me revenait aussi... Je
recevrais mes gages à la fin du mois,
on y ajouterait peut-être une gratifica-
tion, et je pourrais acheter pour mes
filles, sinon la grande poupée qu'elles
désiraient, du moins une plus petite.

Le 31 décembre, on nous prévint au
magasin qu'on nous payerait seulement
dans les premiers jours de janvier. La
caisse était trop occupée à recevoir de
l'argent pour en donner.

Comment vivre jusqu'au jour du payement? Et les étrennes? Ah! lorsqu'on est père de famille, se réveiller le 1ᵉʳ janvier sans argent à la maison... Rien, rien pour les enfants!

Je n'eus pas le courage de les attendre. Je redoutais leurs souhaits de bonne année. Leurs baisers m'auraient fait mal ce jour-là, pour la première fois... Je sortis de grand matin, avant leur réveil, et je me promenai longtemps dans les rues, désolé, fiévreux.

A huit heures, je me rendis au magasin. Il devait y avoir déjà des cadeaux à porter aux autres enfants... Oui, on m'en donna toute une lourde charge. Je fis plusieurs courses. Il m'en restait trois à faire : deux dans mon quartier, une autre beaucoup plus loin, ici, dans cette rue, où je devais remettre le plus gros paquet, un paquet énorme.

J'étais à jeun. J'eus l'idée de revenir chez moi pour manger un morceau, sans me faire voir des enfants... J'entrai... Les deux petites pièces que j'occupe au rez-de-chaussée, au fond de la cour, étaient désertes... Une voisine avait emmené mes filles pour les distraire... Alors, comme le gros paquet était trop lourd, je le déposai dans un coin pour le reprendre bientôt, lorsque j'aurais porté les deux autres dans le voisinage.

Une demi-heure après, je suis de retour. Sur le palier, j'entends des cris de joie. J'entre. Mes enfants s'élancent dans mes bras, m'embrassent. L'aînée dit au milieu de ses baisers : « Merci père chéri, merci », et la petite : « Merci, papa, merci. » Merci ? Pourquoi ?

Et, pendant que je cherche de quoi

l'on peut me remercier, moi qui n'ai
rien donné, elles courent dans la pièce
voisine, et reviennent avec une magnifique poupée : un bébé incassable !

Ah ! mon Dieu ! Je comprends... Elles
sont rentrées pendant mon absence,
elles ont vu dans un coin le paquet dé-
posé par moi. Il avait la forme de la
grande poupée qu'elles rêvaient. Elles
ont cru que c'étaient mes étrennes.
Elles ont défait le paquet, et elles se
sont emparées de la poupée.

J'aurais dû la leur arracher des mains,
leur crier : « Ce n'est pas pour vous...
Ce n'est pas à moi. Cela ne m'appartient pas. C'est pour d'autres petites
filles. » Mais elle étaient si contentes,
si contentes ! Ah, si vous aviez vu leur
joie ! De quels yeux elles regardaient
leur bébé ! Comme elles le dévoraient

2.

de caresses! Je n'ai pas eu le courage de le leur reprendre. Je suis parti, je me suis sauvé... Je voulais courir au magasin et dire : « Vous me devez de l'argent, donnez-moi une grande poupée à la place. » Alors, je vous l'aurais apportée, madame, car j'avais lu votre nom et votre adresse sur le paquet.

Je n'ai pu parler ni au patron, ni au caissier... On est tellement occupé dans ces moments-ci... Et puis, j'avais peur de parler, j'avais peur.

Ce matin, je me suis décidé à venir tout vous dire, tout vous avouer... Madame, je vous en supplie, ne vous plaignez pas de moi au magasin... On ne sait rien, on croit que vous avez reçu... Je passe toujours pour un honnête homme... On me payera dans quelques jours, et je vous jure de vous

apporter une poupée semblable à celle
que mes enfants ont gardée bien inno-
cemment, je vous assure.

On sonna. C'était le bon ami qui revenait.

— On affirme, fit-il, que la poupée a
été envoyée hier matin.

— En effet, dit la mère.

— Eh bien, où est-elle ?

— Elle est entre les mains d'autres
petites filles moins heureuses que les
miennes, et à qui nous la donnons,
n'est-ce pas Marthe, n'est-ce pas Jeanne,
n'est-ce pas Yvonne ?

L'aînée répondit : « Oui, oui, nous
la donnons. » Et les deux autres comme
un écho : « Oui oui, nous la donnons. »

En même temps, elles se sauvaient
dans le salon, pour revenir quelques
secondes après avec le ménage qu'elles

mirent dans la main du père en lui disant : « Donnez encore cela de notre part à vos petites filles. »

L'homme pleurait, la mère aussi, de joie, d'avoir été si bien comprise, et le bon ami n'y comprenait rien. On lui expliqua plus tard l'affaire. Il prit des renseignemeuts sur l'inconnu : ils furent excellents, et il vient de lui trouver un emploi. Il a donné aussi à ses petites amies un autre bébé incassable. On doit apprendre aux enfants à faire le bien, mais il ne faut pas qu'ils regrettent de l'avoir fait. Plus tard, ils apprendront que c'est donner doublement que de se priver pour donner.

Les deux bébés incassables n'ont plus ni jambes, ni tête. Mais ça se recolle.

Comme un auteur dramatique qui vient
de lire sa pièce à quelques amis ou à un
comité de lecture, dès que j'eus terminé
ce conte, je regardai mes auditeurs, afin
de savoir quel effet j'avais produit sur
eux. Une rosée abondante, les larmes
des fleurs, couvrait les jacinthes, les
violettes et les pensées. J'avais évidemment intéressé ce petit public, le par-

terre facile à émouvoir parce qu'il est plus naïf. Mais le grand public du balcon et des loges, les fleurs hautes de tiges, les grandes mondaines, ne semblaient que très médiocrement satisfaites.

Un lilas blanc, orgueilleux de sa taille et de sa beauté, en pleine éclosion, osa même me dire : « Je croyais que Berquin était mort. »

Je compris, et je baissai la tête. Cela signifiait : « Tu viens de nous conter une petite berquinade, bonne tout au plus pour des enfants, des bourgeoises, ou des petites fleurs que leur existence terre à terre rend sentimentales, aisément impressionnables. Un rien les satisfait. Nous ne sommes pas si bêtes, nous autres. Nous voyons les choses de plus haut, nous connaissons la grande vie. Au lieu de nous distraire, tu nous a ennuyées fortement. »

Encouragé par le lilas blanc, un faux ébénier ajouta :

— Est-ce que tu n'aurais pas quelque chose de mieux à nous conter?

— Une aventure un peu... scabreuse, fit une pivoine si rouge qu'elle ne pouvait plus rougir.

— Non, je n'ai rien dans le genre que vous demandez.

— Tu m'étonnes !

Toutes les grandes fleurs, tous les arbustes se mirent à rire de cette insolence. Décidément on m'en voulait. Mon premier conte avait produit un effet désastreux.

Un rosier conciliant, sans épines, éleva la voix :

— A défaut d'histoires galantes, fit-il,

nous pourrions nous contenter d'un récit vraiment dramatique, très émouvant. Tu dois tenir cela... Cherche bien.

Je fis appel à mes souvenirs, je fouillai dans mon répertoire. Tout à coup, je me souvins de certaine nouvelle que j'avais écrite autrefois avec un de mes vieux amis.

— Je crois pouvoir vous satisfaire, hasardai-je timidement.

— Ah! enfin! cria-t-on de plusieurs côtés.

— C'est parisien, sans doute? demandèrent en chœur les tulipes.

— Pas du tout.

— Est-ce moderne au moins? Est-ce une actualité?

— Pas davantage. L'histoire s'est passée il y a longtemps, bien longtemps, avant la naissance des plus vieux arbres du jardin.

— Alors, il n'en faut pas ! cria le lilas du haut de son panache blanc.

D'autres arbustes moins brillants que lui, moins parés, mais plus solides, et qui le dépassaient de la tête, des arbustes dignes d'être des arbres, lui imposèrent silence, et l'un d'eux, après avoir recueilli les suffrages de ses voisins, me dit avec bienveillance :

— Nous sommes prêts à t'écouter. Quel est le titre de ton histoire ?

— *Le bon Chasselas.*

Ce titre, en situation, bien choisi pour un auditoire comme le mien, éveilla sans doute la curiosité générale, car tous les murmures, tous les bruissements cessèrent. On n'aurait pas entendu marcher une fourmi dans l'herbe, et là-bas,

3

au fond du jardin, en apprenant qu'il
allait être question de raisin, les vignes
vierges qui tapissaient le mur devin-
rent rêveuses.

LE BON CHASSELAS

I

Voici, dans quelles circonstances, je goûtai les chasselas du père Pouchet.

C'était en 1846, en septembre. J'avais dix-huit ans, et je chassais, Dieu sait avec quelle ardeur, mais aussi avec quelle maladresse! Que voulez-vous? C'était mon premier permis de chasse.

Or, un jour que j'avais employé toute la matinée en battues inutiles, je me décidai à revenir au pays, le carnier

vide et l'oreille basse. Je suivais mélancoliquement un petit sentier entre
deux vignes, et je jetais à droite et à
gauche un coup d'œil entre les « per-
chées », dans l'espoir de surprendre
quelque lièvre au gîte ou quelque per-
drix en train de picorer, lorsque tout
à coup, à ma droite, à une douzaine de
pas, j'aperçus... Qu'est-ce que cela
pouvait être? C'était près de terre, sans
forme distincte, quelque chose de gris
roux... Un lièvre évidemment! Déjà,
je couchais en joue, quand je me souvins d'une recommandation de mon
père. L'excellent homme, quinze jours
auparavant, m'avait dit, en me remet-
tant mon fusil : « Ne tire pas sur des
choses inconnues, cela pourrait être
quelqu'un. » Comment ce sage conseil
n'avait-il pas sombré dans ma mémoire,

au milieu de tant d'autres? Je ne sais.
Ce qui est sûr, c'est qu'il me revint,
et fort à propos, vous allez voir.

J'abaissai mon fusil, et doucement,
l'œil fixe, le souffle et le pied en arrêt,
je m'avançai vers l'objet douteux. Ce
n'était pas un lièvre, il serait parti.
Quoi donc alors? Je me perdais en
conjectures, quand, à six pas, ne pouvant rien discerner dans ma perchée
à cause des feuilles, je me penchai sur
celle de gauche, et je vis... Oh! rien
de bien extraordinaire, je vous assure.
Tout simplement un vieux bonhomme,
le père Pouchet, qui, assis dans un
provin, mangeait un chasselas.

La chose suspecte qui m'avait si fort
intrigué, c'était les pans de sa veste.

Je respirai. Et, comme ce serait le
cas de vous tracer ici un portrait du

père Pouchet ! Ce grand corps plié en deux, tout vêtu de poutangis, ce chapeau déteint et râpé, cette chemise de grosse toile rattachée au cou par deux cordons, ces énormes souliers, moitié cuir, moitié fer, dans lesquels les pieds plongeaient à cru, et sous cet accoutrement, un vieillard de soixante-dix-huit ans, sec, anguleux, la peau tannée, les cheveux gris, coupés en brosse, les traits irréguliers, durs, avec un front bas, d'épais sourcils, un petit œil rond dont le regard avait comme une lueur.

J'ai dit : « Le père Pouchet mangeait un raisin », et il en avait parfaitement le droit : la vigne où il se trouvait était la sienne.

Il y a manière de manger un raisin. Les uns, mordent à même. Ils n'ont pour excuse qu'une déplorable éduca-

tion ou une soif ardente. Il en est qui,
plus délicats, prennent les grains un
à un, et les dégustent. Ainsi font les
jeunes filles dont cet exercice fait valoir la main. Ainsi faisait le père Pouchet, sans qu'on pût assurément le
soupçonner de coquetterie. Il se croyait
seul, et n'avait d'ailleurs à montrer que
de longs doigts osseux. Et, pourtant, jamais grappe de chasselas ne fut plus
méthodiquement égrenée; jamais pulpe
savoureuse ne fut plus suavement pres-
sée entre la langue et le palais. Il pro-
cédait méticuleusement : les grains,
cueillis avec une sage précaution, se
succédaient à intervalles égaux, et à
mesure qu'ils arrivaient à destination,
la figure du bonhomme prenait une
expression de plus en plus réjouie. Sa
bouche faisait entendre un claquement

significatif, et ses petits yeux pleins de
malice se portaient alternativement du
raisin au cep qui l'avait produit. J'ai
rarement vu marques plus manifestes
d'un vif contentement intérieur.

Le raisin tirait à sa fin ; le père Pouchet pouvait lever la tête et m'apercevoir, et je savais que rien n'est maussade comme un homme surpris en état
de méditation intime. Je me retirai donc,
et avec autant de précaution que j'en
avais mis pour avancer, je reculai vers
le sentier. Sorti de la vigne, je fis à
dessein un léger bruit, puis, en passant devant la perchée, je regardai. Le
père Pouchet regardait aussi. Je m'ar-
rêtai.

— Ils sont bons les chasselas cette
année, père Pouchet, dis-je, pour dire
quelque chose.

L'observation était juste, et n'avait certes rien de malveillant. Cependant, elle fut mal accueillie. Je m'en aperçus à un froncement de sourcils du bonhomme. Ah ! ce n'était plus la bénigne expression de tout à l'heure.

Pas de réponse. Je ne me décourageai pas pour cela, et j'abordai immédiatement un autre sujet de conversation. J'avais mon idée.

— Est-ce que vous ne pourriez pas me donner du feu, père Pouchet? demandais-je.

En même temps, je tirais de mon carnier un sac à tabac bien bourré qui ne me servait à faire, alors, que de timides cigarettes.

Pouchet hésita d'abord, puis il me dit sèchement :

— Venez.

3.

J'accourus.

Les allumettes chimiques avaient déjà pénétré dans les campagnes à cette époque, mais le père Pouchet, fidèle aux vieilles traditions, n'en usait pas. A quoi bon d'ailleurs cette dépense? Il avait une pierre à fusil, il récoltait et préparait lui-même son amadou, et la lame de son couteau lui servait de briquet.

Il tira successivement ces engins de sa poche, une énorme poche, celle que j'avais prise pour un lièvre, tandis que je m'évertuais à façonner ma cigarette.

Comme il allait battre la pierre :

— Ah ça! et vous, lui dis-je, est-ce que cela ne vous irait pas de fumer une pipe?

Et je tendais mon tabac avec l'empressement d'un conscrit qui prête son arme à un vieux brave.

Il fixa sur moi son petit œil rond, resta une seconde indécis, puis se décidant tout à coup :

— Donnez, dit-il, ça n'est pas de refus .. Mes deux sous y ont passé ce matin, et la gencive commence à me démanger.

Il prit le sac à tabac, et tout émerveillé de son contenu, il le soupesa mélancoliquement. Bien qu'il n'eût pas lu André Chénier, il lui trottait certainement dans la tête quelque chose comme ce vers :

Oh ! que de biens perdus ! Oh ! trop heureux enfant !

Bientôt il sortit encore de sa poche, un vénérable instrument à court tuyau, de couleur d'ébène. Quel poli ! Quelle vigueur de ton ! Et que n'eussé-je pas donné pour avoir culotté une telle pipe!

J'achevai de vaincre sa sauvegerie en lui faisant accepter, non sans difficulté, la moitié de ma provision de tabac. Alors, ne voulant pas être en reste avec moi :

— Ce n'est pas tout ça, dit-il, je fume à votre compte, il est juste que vous goûtiez de mon chasselas.

Un refus l'eût blessé, j'acceptai et je me disposai à choisir une grappe. Il me retint.

— Non, pas là, s'écria-t-il, ça ne vaut rien... Mais ici, dans cette perchée... Attendez, laissez-moi faire.

Et il cueillit, pour me l'offrir, le chasselas le plus mûr et le plus doré qu'il pût trouver au cep qui lui avait fourni le sien.

— Goûtez-moi cela, dit-il en me le

présentant, vous m'en direz des nouvelles.

Je pris le raisin, et me mis en devoir
de picorer. Je me donnais un petit air
fin et connaisseur. Lui, me regardait,
hochant la tête comme pour dire :
« Hein ! vous avais-je menti ? »

Bien entendu, je fus de son avis. Rien
n'était plus délicat, plus sucré.

— Et sentez-vous, me dit-il, ce petit
goût ?

— Oui, oui... Parfaitement.

J'exagérais : ce chasselas quoique
bon, n'avait rien de plus merveilleux
que d'autres. Mais, je vous l'ai dit, j'a-
vais mon idée : je voulais faire jaser
le père Pouchet. J'y parvins. Ma com-
plaisance eut le résultat que j'en attendais.

Ce n'était pourtant pas chose aisée

de le faire jaser. Il vivait presque sau-
vagement dans sa maisonnette, à l'extrémité du village, et je ne mentirais pas
si je disais qu'il n'adressait pas plus
de dix paroles, par an, au plus proche
de ses voisins. Ce jour-là, soit que
ma figure d'adolescent lui revînt, soit
que les honnêtes procédés que nous venions d'échanger le rendissent plus
communicatif, il consentit à desserrer
les dents, et il parla, assez longuement,
d'une foule de choses.

De sa vigne d'abord : un quart d'ar-
pent qu'il avait acheté en 1808, de ses
économies, trois cents francs. Cela valait aujourd'hui plus du double. C'était
en luzerne alors ; il avait défriché et
planté de la vigne. Madeleine l'aidait,
sa pauvre Madeleine, une brave femme
qu'il avait perdue. Laurent aussi, son

fils, avait travaillé là. Mais il était
parti pour l'armée, et s'était fait tuer à
la prise d'Alger. Et, maintenant, il
restait seul, lui, Pouchet. La vigne ne
souffrait pas pour cela. Elle était bien
piochée et bien tenue, comme on pouvait voir, et les raisins en étaient bons.
C'est qu'il s'entendait à faire pousser un
cep ! Pourtant, il n'avait pas fait que
cela en sa vie. Il avait été forgeron
dans le temps, et même bon taillandier,
à preuve que le père Raboutin dit le
Dodu, préférait ses planes à toutes autres. Il n'avait guère fait d'apprentis-
sage ; cela ne s'apprend pas, la trempe,
c'est un instinct.

Alors, s'interrompant :

— Voilà le soleil qui tourne, dit-il,
vous voulez rentrer ?

— Rien ne me presse.

— Quelle heure est-il, au fait ? Zurich
ne va pas.

— Qu'est-ce que c'est que Zurich ?

— C'est ma montre. J'ai oublié de la
remonter ce matin.

— Vous appelez votre montre Zurich ?

— Oui, à cause de l'endroit où je l'ai
pêchée, dans la poche d'un russe.

— C'est vrai, père Pouchet, vous
avez été soldat, et vous étiez à la ba-
taille de Zurich ?

— Un peu ! Et qu'il faisait chaud, je
vous en réponds. J'ai attrapé là un rude
coup de lance dans l'épaule gauche
dont je suis un peu manchot, et j'ai
roulé sur un major russe que je me suis
mis à fouiller pour passer le temps...
Tâtez-moi ça, dit-il, en me tendant un
gros oignon qu'il tira de son gousset.

Quel boîtier ! Une fière montre qui ne
s'est jamais dérangée.

II

Nous quittâmes la vigne pour revenir au pays. Chemin faisant, la conversation continua. Le père Pouchet était
en veine de confidence, et je fus bientôt
au fait de son origine et de son passé.

Il était né à Courtenay, dans l'Yonne.
Il n'avait connu que son père, journa-
lier, qui l'avait laissé à cinq ans or-
phelin et pauvre. Il avait mendié, va-
gabondé. A douze ans, il était entré
chez un maréchal ferrant pour émou-
cher les bêtes ; à quatorze ans, il leur

tenait la patte ; à dix-sept, il forgeait
et ferrait lui-même ; enfin à vingt ans,
il venait à Paris ou il assistait aux
grandes journées de la Révolution. Et
alors, de 89 à 1800, toute une odyssée
triviale et terrible : Versailles, d'où on
avait ramené le Veto, le Champ-de-
Mars, les Tuileries. Et ce gros luron,
au faubourg Antoine, qui pérorait sur
une borne, et la justice du peuple, et
cet autre qui, avec son roulement de
tambours, coupait la parole à Capet. Il
était là, lui, Pouchet, et Capet lui avait
semblé assez bon enfant tout de même.
Puis, des souffrances et des privations :
le maximum, la disette, les assignats,
une livre de pain payée cinquante écus,
et quatre jours après, le boulanger guil-
lotiné. En thermidor, on s'était battu
pour l'Être suprême ; on n'avait pas

réussi, et tout avait été de mal en pis.
En vendémiaire, on s'était frotté à un
petit blanc-bec. Ah! si on avait su qui
c'était... Mais on ne le savait pas...
Toujours est-il qu'il avait de la chance,
lui, Pouchet, d'être ce jour-là dans la
troisième section, les deux premières
ayant fondu comme du beurre. Il s'était
engagé, il avait broussaillé en Vendée.
Et ce vieux chouan, à qui on avait
pris son dernier écu, et qui s'écriait :
« Hélas! mes bons messieurs les Bleus,
avec quoi voulez-vous que je vive ? » On
avait répondu : « C'est juste, il ne peut
pas vivre », et on l'avait tué. Mais les
chouans en faisaient bien d'autres!...
On avait fusillé Charrette à Nantes, et
on avait filé sur l'Italie où Pouchet avait
reçu une balle dans la cuisse, et le médecin sarde était un scélérat qui se ser-

vait de charpie empoisonnée, car la
blessure avait supuré six mois. Et, cependant, Pouchet était d'une bonne
charnure!... Enfin, on arrivait à Zurich
où Pouchet avait fait de l'ouvrage, et
Masséna aussi. Masséna! Pouchet l'a-
vait vu à quatre pas de lui, comme je
vous vois, monsieur! Et il avait un
grand nez, et c'était un lapin à poil, je
vous en réponds.

Ainsi contait le père Pouchet, et si,
de temps à autre, je hasardais une
observation, il m'interrompait : « Laissez-moi donc! Vous avez lu cela dans
les histoires, vous autres, mais moi,
j'y étais que diable, et ce que j'ai vu,
je l'ai vu. »

Estropié à Zurich, Pouchet était
rentré en France. Il voulait s'établir à
Courtenay, son pays natal. En passant

à M..., il avait vu Madeleine, et n'était
pas allé plus loin. Il l'avait épousée, et
quoique gêné par sa blessure à l'épaule,
il avait repris son métier de forgeron.
Madeleine l'avait aidé, ainsi que Laurent, son fils... Plus tard, la femme et
l'enfant morts, il avait cédé son fonds à
Jacques Bretagne... Maintenant, il vivait tranquille, plus heureux que bien
des bourgeois, car il avait cent francs
de rente de ses économies, le gouverne-
ment lui faisait dix sous par jour pour
sa blessure, et sa vigne, sa maison
étaient à lui.

Tout en devisant, nous étions arrivés
devant sa demeure. J'étais fort dési-
reux d'y pénétrer. Je n'avais même
abordé et flatté le père Pouchet que pour
en venir là. Je voulais tirer au clair
certaines histoires qui couraient dans

le pays. Ainsi, on se disait tout bas,
qu'en 1815, lors de l'invasion, le père
Pouchet avait tué à coups de marteau
deux Cosaques, suivant les uns, trois,
suivant les autres, et que les bavures
rouges qu'on voyait sur l'escalier de
pierre, en face de la porte d'entrée,
étaient les traces de ces meurtres. On
avait bien lavé les marches depuis, mais
inutilement, plus on frottait, plus le
sang paraissait... C'était effrayant!
Dans mon enfance, quand je passais
devant la maison, je jetais par la porte
entr'ouverte un regard oblique sur les
terribles marches, et je pressais le pas,
même en plein jour. Qu'y avait-il de
vrai dans tout cela? J'étais assez grand
garçon pour n'avoir plus peur ; mais ma
curiosité subsistait, et c'était le cas ou
jamais de la satisfaire.

III

Ce ne fut pas aussi difficile que je
l'imaginais. Le père Pouchet, me voyant
fatigué, crut devoir m'inviter à m'asseoir
un instant chez lui. J'acceptai avec empressement, et il poussa la porte. Sim-
plicité touchante : elle ne fermait qu'au
loquet.

Nous entrâmes.

A droite, une sorte de capharnaüm,
où, pêle-mêle, autour d'une vieille forge
éteinte, gisait une foule de débris et
d'engins : bottes d'échalas, pioches,
sarments, futailles, copeaux, une vieille
enclume, etc.

En face, l'affreux escalier.

— Montez, me dit le père Pouchet.

Les taches y étaient encore.

— Tiens ! m'écriai-je en les montrant,
qu'est-ce que c'est donc ça, père Pouchet?

— Ça ! fit-il.

Et il se baissait pour voir.

— Oui, ça... ces taches rousses...
qu'est-ce que c'est?

Un juge d'instruction eut envié mon
regard.

— C'est de la lie de vin, me répondit-
il avec une bonhomie parfaite... Mais
montez donc, nous serons mieux là-
haut pour causer. Voyez-vous, continua-
t-il, en me faisant passer devant lui,
quand on n'a plus qu'un bras et demi
comme moi, on n'est pas adroit, tant
s'en faut. Figurez-vous que, il y a une

vingtaine d'années, je faisais bouillir
de la lie, j'étais seul, Laurent était au
service... Quand vint le moment de
défourner, je ne voulus point déranger
un voisin. Bon! ça va bien jusqu'à
l'escalier, mais là, je trébuche, et pata-
tras! l'alambic fait bascule, et je reçois
la lie en plein dans l'estomac. J'ai manqué d'en mourir et j'ai fait peau neuve...
Ce serait un peu mieux nettoyé si j'a-
vais une ménagère, mais que voulez-
vous? Madeleine n'est plus là.

Chaque fois qu'il parlait de Madeleine,
il avait comme une larme dans la voix.
Cet attendrissement le fatiguait. Il y
coupa court en me disant :

— Voyons, cela vous irait-il de prendre une goutte?

— Va pour une goutte, répondis-je.

Puis, pour revenir à l'instruction :

4

— C'est qu'il y en a, ajoutai-je, qui prétendent que ces taches-là ne sont pas de la lie.

— Bah! Et quoi donc?

— Dam! On dit que c'est du sang.

— Du sang! C'te bêtise.

— Oui du sang... On assure même que du temps des Cosaques...

J'hésitais; il me tira d'embarras.

— Oh ça, dit-il, c'est une autre af-faire... N'en parlons pas, si vous vou-lez bien.

Sa figure, un instant déridée, était redevenue crispée et farouche.

J'insistai.

— Enfin c'est vrai, dis-je, que vous avez tué ici des Cosaques?

Il me regarda fixement, puis se pla-çant devant moi :

— Eh bien, quand ce serait vrai,

quoi? Qu'est-ce que ça vous fait? Vous n'êtes pas ici pour m'espionner et me chercher dans les cheveux, vous!

Je me défendis de pareilles intentions.

— C'est qu'on m'a inquiété dans le temps pour cela, non pas seulement les Kinserlicks, mais des gens d'ici... des Français!

Et, jamais, haut-le-corps n'exprima un plus énergique mépris. Puis, s'animant :

— Ah, du sang! Je crois bien qu'il y en avait ici! En bas, dans la boutique, et dans cette chambre où nous voilà... Tenez là, sous vos pieds, où ça fait un creux, c'était comme une petite mare... Qu'on me fusille, si on veut, ça m'est bien égal... Je suis assez vieux, pour faire un mort.

J'essayai de le calmer : j'affirmai

qu'au lieu de vouloir maintenant lui
chercher querelle, on était plutôt dispo-
sé à louer son patriotisme.

— Bah ! fit-il, laissez-moi donc avec
votre patriotisme. Je n'ai vu qu'une
chose, moi : ces canailles-là battaient
mon enfant, buvaient mon vin et voulaient toucher à ma femme... Ah, mais
non !... Ça ne pouvait pas passer... Et
ceux qui ne sont pas contents n'ont
qu'à me le dire !

Après un silence, il reprit doucement :

— Au fait, vous, vous me revenez
assez... Vous avez des traits de votre
grand-père... Je l'ai connu, votre grand-
père, en Vendée. Un gamin qui s'était
enrôlé... Ça ne demandait qu'à marcher, mais quoi ! le souffle manquait,
et il est venu mourir ici de la poitrine...

Après tout, il a aussi bien fait. Il n'a pas vu les Cosaques dans sa maison, lui... Tenez, pendant que nous y sommes, il faut que je vous conte l'affaire, ça me soulagera, je le sens... et vous, vous êtes jeune, ça ne peut pas vous faire de mal... Asseyons-nous.

Il ne fit alors le récit suivant que je vais essayer de rendre aussi exactement que ma mémoire me le permettra.

IV

Donc, reprit-il, après Zurich, je m'étais établi ici, marié, et tout allait bien. Madeleine était la plus douce et la meilleure femme... et courageuse, monsieur ! Elle travaillait plus que moi...

4.

Ah! le père Girard, en me la donnant,
ne m'avait pas attrapé, je vous en réponds... Nous n'avions qu'un enfant,
mais gentil! Le vrai portrait de la
mère... Pauvre petit! Je le vois encore. Ça n'avait que dix ou onze ans
et ça tâchait déjà de m'aider dans
mon ouvrage. Il tirait le soufflet de la
forge grimpé sur un escabeau... Ah!
voyez-vous, ces deux créatures-là va-
laient mieux que moi. Moi, j'ai du bon,
mais je suis colère, et un peu rude, tandis qu'eux, ils prenaient le mal en patience, et se seraient fait écraser plutôt
que de dire un mot... Enfin, on s'af-
fectionnait, on travaillait ensemble, et
les économies allaient leur train. Ainsi,
en 1815, j'avais déjà payé ma maison
et ma vigne. J'avais deux cents francs
dans une chausse, et sous mon esca-

lier, cinq feuillettes de mes dernières récoltes. Voilà des avances !... C'était trop beau, ça ne pouvait pas durer.

Il faut vous dire que dans ce temps-là, on avait toute l'Europe sur les bras, et que la chance avait tourné contre nous. Comme je n'étais plus soldat, je ne connaissais pas le fin mot de l'affaire, mais il courait ici des bruits, que Bonaparte était prisonnier et que les Kinserlicks avançaient... Une invasion, quoi ! Je connaissais ça : j'en avais fait moi-même dans le temps. Aussi, je me dis : « S'ils viennent par ici, ça va être joli... Attention ! » Pardieu, ça n'a pas manqué ! Un matin, rantanplan... Voilà trois cents de ces gueuzards-là qui nous tombent sur le dos. De vrais Cosaques.

— Pardon, père Pouchet, dis-je, c'étaient des Bavarois.

— Du tout ! Je vous dis que c'étaient des Cosaques... Je m'y connais peut-être bien... A preuve qu'ils ne mangeaient pas de suif, c'est vrai, mais tout uniment parce qu'ils avaient de la viande.

Et, alors, il fallut bien les recevoir et ne pas trop faire le fier... Vous comprenez quand on n'est pas le plus fort... Pourtant, si on s'était entendu ! Mais on ne s'entendait pas... Toujours est-il que les voilà qui prennent des billets de logement et qui s'éparpillent dans le pays. Il m'en tombe un pour ma part... Rien qu'un, mais c'était déjà de trop... N'importe, je fais comme tout le monde, je file doux... C'était dur pourtant, allez ! Figurez-vous qu'ils étaient là comme chez eux, et que vous étiez leurs domestiques. « Fais ceci, fais cela... Vas à la

cave, et plus vite que ça... Et puis,
donne ta vache, ton cochon, ton cheval. » A eux le meilleur, et quelquefois
le tout... On se mettrait en colère à
moins.

Mon Cosaque, à moi, n'était ni pis
ni mieux que les autres. Je le vois encore : un méchant nez camard avec une
moustache en poil de carotte... Il était
furieux de ce qu'on l'avait logé dans
ma bicoque... Voyez-vous ça?... Va-t-en
ailleurs, canaille, si tu n'es pas con-
tent!... Mais non, monsieur faisait le
difficile... Il ne crachait pas sur mon
vin toujours. En buvait-il, bon Dieu!
et pas seul, encore : presque tous les
soirs, il amenait trois ou quatre ivro-
gnes comme lui; on donnait un coup de
poing dans une feuillette, et les brocs
allaient leur train. . Vous pensez si ça

me saignait le cœur de voir ça! Aussi,
je me mordais la lèvre et je serrais le
poing en dessous.

Il y avait près d'un mois que ce ma-
nège-là durait. Je commençais à perdre
patience. On était en octobre. C'est
dans ce temps-là que Jean-Bon en noya
un qu'il tint pendant dix minutes la tête
dans un seau d'eau, et que Guitard, de
Lengny, en jeta par la fenêtre une demi-
douzaine qui battaient sa mère. Je sentais qu'il allait m'arriver quelque chose
comme cela.

Un soir, après souper, sur les huit
heures, je m'en souviens comme d'hier,
j'étais à ma forge, car pour nourrir ces
beaux messieurs et ne pas toucher à
mes deux cents francs, il fallait bien
travailler à la chandelle. Je forgeais un
coutre pour Mathieu Beugot. Madeleine

m'aidait et battait le fer avec moi.
C'était au-dessus de ses forces, mais
cela me faisait gagner une « chaude » ou
deux, et il n'y avait pas moyen de l'en
empêcher. Laurent tirait le soufflet.

· Le Cosaque, lui, était assis sur le
banc, à côté de l'escalier, les bras croisés... Fainéant!... Il était aux trois
quarts soûl... Depuis plusieurs jours,
j'avais remarqué qu'il faisait des aga-
ceries à Madeleine : il se redressait devant elle en frisant sa vilaine moustache, et il se donnait des airs... à se
faire casser les reins, quoi!... Elle, la
pauvre femme, elle avait plus envie de
pleurer que de plaisanter... D'ailleurs,
ça n'a jamais été dans ses goûts... Elle
ne me disait rien, de crainte d'amener
un malheur.

Ce soir-là donc, mon gredin était plus

en train que d'habitude. Pendant que
j'avais le dos tourné et que je remuais
le fer dans la forge, il faisait des yeux
à Madeleine. Il croyait que je ne le
voyais pas. Je me tenais à quatre pour
ne pas l'assommer, car il fallait songer
aux conséquences... Pourtant, je sentais que je n'allais pas être maître de
moi. Je me disais : « S'il pouvait donc
se tenir tranquille. » Non! A l'avant-
dernière chaude, au moment au Madeleine levait son marteau, il le lui
prit des mains, la tira à lui, et la fit
asseoir sur le banc. Je crus d'abord
qu'il voulait qu'elle se reposât et qu'il
allait prendre sa place... Ma colère
tomba tout d'un coup. Ma parole d'honneur, j'allais lui serrer la main... Mais,
pas du tout! Il posa tranquillement le
marteau, et revint s'asseoir à côté de

Madeleine, en me faisant signe de continuer... Je ne peux pas dire ce que
j'éprouvai. Il me passa comme un
éblouissement dans les yeux... Madeleine qui me vit pâle, frissonna. Puis,
elle me regarda d'un air si suppliant et si
doux, que je remis mon fer dans le feu.

Ce fut un répit. Mais, sans avoir l'air
de rien, j'avais l'œil, vous pensez. Ce
n'était plus de la colère. C'était une rage
froide... Je me connais... Que le brigand se permît la moindre chose, et, ça
y était!... Il aurait dû le comprendre.
Pas du tout. Je le vis se rapprocher de
Madeleine, puis lui prendre la main,
et essayer de l'embrasser... Oh, alors !
je tire mon fer chauffé à blanc et le lui
jette à la figure. Il hurle de douleur,
fait un écart à droite, tire son sabre et
fond sur moi.

Je l'attendais... D'une main, avec mes tenailles, je pare le coup, et de l'autre, avec mon marteau, je lui plante cinq livres de fer dans le crâne. Il tomba mort.

C'était fait !

V

Vite, je cours à la porte et je pousse le verrou. Puis, en un tour de main, les volets sont fermés ; le rideau de serge tiré, et je rentre.

Le Kinserlick était là, au milieu de la boutique. Madeleine évanouie sous le banc. Laurent, dans un coin, les cheveux droits, tremblait.

Je les secouai tous deux. Madeleine

avait un caillot de sang sur la joue. Je
pris de l'eau de la forge et la débar-
bouillai. Ça la fit revenir. Je les assis
tous deux sur le banc et je leur dis :
« En voilà de l'ouvrage! Que demain
matin, on s'en doute seulement, et notre
compte est bon. Silence donc, et que
tout cela disparaisse. Toi, petit, va te
mettre au lit, et souviens-toi que tu n'as
rien vu... Toi Madeleine, donne-moi
un torchon que j'enveloppe la tête de ce
brigand et pendant que je le mettrai en
place, tu nettoieras... Et songez qu'il
y va de notre peau à tous. »

Blêmes de peur, à peine m'enten-
daient-ils. Je poussai Laurent vers l'escalier; il le monta en butant à chaque
marche. Puis, Madeleine et moi, nous
nous mîmes à la besogne. La mienne
fut rude : emporter le Kinserlick, faire

un trou, l'enfouir. Pourtant, à onze
heures, c'était fini. Quand je revins,
tout était propre dans la boutique. On
aurait juré qu'on n'avait battu là que du
fer. Je brûlai ce qui me parut suspect,
et je dis à Madeleine : « Allons nous
coucher. »

Avant, j'entrai dans le cabinet de
Laurent. Le pauvre petit était sur son
lit, à moitié déshabillé, l'œil fixe, ses
dents claquaient, et je crus qu'il allait
avoir le haut-mal... C'est devenu pourtant un luron. Mais, à cet âge-là...
Dam ! pensez... Il se jeta sur moi en
me disant : « Papa, j'ai peur. » Je le
repoussai et lui criai : « Dors! » Il retomba sur son lit sans mouvement. Le
lendemain, il fallut l'éveiller.

Nous n'avions guère dormi, Madeleine ni moi. Nous sentions que le mo-

ment approchait. Je ne craignais rien pour moi, mais eux, comment s'en tireraient-ils? Je leur refis la leçon « Voyons, pas de faiblesse! que je leur dis. Vous n'avez rien vu. Le Cosaque n'est pas rentré hier soir, et vous ne savez pas ce qu'il est devenu. Et, qu'on vous menace, qu'on vous frappe, pas un mot... Aurez-vous ce courage? Toi, Laurent, peux-tu montrer que tu es un homme? »

Il se redressa, le cher bambin, et il me dit : « Sois tranquille, tu verras, papa! » Je l'embrassai, sa mère aussi, et je sortis comme si de rien n'était.

J'allai sur la place. On venait de finir l'appel. Deux hommes manquaient : le mien d'abord, et puis un autre que Jean Gandouard... je l'ai su depuis... avait fusillé, à l'affût, le long d'une haie. Vous jugez, quelle fureur ! On parlait de massacrer tout le village.

En attendant, moi, on commence par me prendre, on me lie les mains, et, à coups de pied, à coups de crosse, six hommes et une espèce de sergent me ramènent chez moi. Ça débutait mal. On empoigne à leur tour Madeleine et Laurent, et on les jette à côté de moi sur une botte de paille, au fond de la boutique. Puis, le sergent, avec deux hommes, se met à fouiller partout. Il ne trouve rien. Furieux, il revient vers nous, nous interroge... Nous répondons comme vous savez. Alors, il hoche la tête comme pour dire : « Nous allons voir ça. »

Sur son ordre, deux hommes sortent et reviennent bientôt avec de longues baguettes de coudrier. Je compris.

Le sergent prend Laurent, le met sur
ses pieds, lui fait des questions, mais
en pure perte. Alors on lui ôte ses habits,
on lui lie les pieds et les mains, et on
le couche nu à terre... Madeleine voyait
cela. De grosses larmes lui sortaient
des yeux... Moi, j'étais dans un état!
Avouer, c'était la mort... Mais, qu'al-
laient-ils faire de cet enfant?

Le sergent nous guettait du coin de
l'œil. Bientôt, il fit signe à l'un de ses
hommes. Celui-ci prit une des baguettes,
et sur ces pauvres petits reins, en appliqua un coup. Trois cris partirent en
même temps. Madeleine avait comme
une attaque de nerfs; moi, je suais à
grosses gouttes. Oh, les misérables! Je
vois encore cette affreuse ligne rouge...
On interroge de nouveau Laurent. Il
fait signe qu'il ne sait rien... Alors un

autre coup de baguette... Non, je ne
sais pas comment je fis pour ne pas tout
avouer... Au troisième coup Laurent
ne remua plus. Il s'était évanoui.

On le jeta sur la paille à côté de la
mère... C'était enfin mon tour. Je respirai.

L'opération se fit de même; si ce n'est
qu'elle se prolongea un peu plus. A
chaque coup, je sentais un lambeau de
chair s'en aller. Le sang coulait. Mais
je m'étais promis de ne pas pousser un
cri, et je me tins parole... Cependant,
les coups allaient toujours... La douleur
terrible d'abord, diminuait. Je sentais
une chaleur, un engourdissement... Mes
tempes bourdonnaient et battaient à se
rompre. Je ne pourrais pas dire combien
de temps cela dura. Quand ce fut fini,
je n'étais plus qu'une plaie.

Une particularité. Au premier coup de baguette, j'avais, je m'en souviens, mordu de rage une rognure de coudrier, et mes dents s'y étaient enfoncées. Quand on m'eut relevé, on s'aperçut de la chose, et on me retira le morceau, mais avec tant de brutalité qu'on me cassa trois dents sans que je les sentisse. Ce sont ces trois-là qui manquent sur le devant.

Un moment après, il me sembla que je perdais tout mon sang. C'était un seau d'eau qu'on me jetait sur le corps. Cela me ranima.

VI

Vous croyez peut-être que je fus long à me remettre? Pas du tout. Huit jours

5.

après, je pouvais marcher, et au bout
de trois semaines j'étais à peu près réta-
bli.

Mais je n'étais pas quitte pour cela
des Cosaques. Pour un que j'avais tué,
il m'en était survenu deux, deux auprès
desquels le premier pouvait passer pour
un agneau. On m'avait exprès donné
la fleur du panier. L'un, que nous appe-
lions le Carlin, était un petit gros, trapu,
hargneux, colère, toujours menaçant. Et
des exigences! L'autre, long et maigre,
avait la malice et la méchanceté d'un
singe. Pas de plaisanterie ignoble, pas
de mauvais tour qu'il ne fît. Nous l'appe-
lions la Fouine à cause de la tournure
de son museau.

Vous ne sauriez croire tout ce que ces
deux canailles-là nous ont fait souffrir
pendant un mois. Pour vous en donner

une idée, figurez-vous que dans les premiers temps, quand mes plaies n'étaient pas encore fermées, ils venaient me prendre sur ma paille, et me tiraient chacun par un pied dans la boutique en sorte que mon dos labourait le *terré*. Vous voyez d'ici mes grimaces... Et ils riaient!

Madeleine et Laurent avaient aussi leur part. Un jour, la Fouine descendait l'escalier comme ma femme le montait... Elle ne se range pas assez vite... D'un coup de pied, vlan, il l'envoie rouler en bas où elle se fait une entaille au front... D'autres fois, le Carlin jetait son sac tout bouclé dans le dos ou dans l'estomac de Laurent... Le pauvre gamin, tout meurtri, roulait sur le carreau... Et de rire... C'était bien drôle, hein !

Je supportais et je voyais tout cela

sans me plaindre. Seulement je me disais : « Quand il y en aura assez, nous
compterons. » Et Madeleine voyait bien
que je me disais cela.

Un jour vint où il y eut plus que la
mesure.

Ces deux messieurs couchaient en
haut, dans nos lits ; nous en bas, sur
de la paille, comme des chiens. Rien de
plus juste, et je ne réclamais pas.
Avant de s'endormir, ils poussaient le
verrou de leur porte, de crainte de surprise, et je ne trouvais pas cela mauvais... Mais, un soir, le verrou fut tiré
avant que Madeleine, qui était montée
faire leurs lits, fût descendue. Ils l'enfer-
maient avec eux, quoi, les canailles !...
J'appelle une fois... deux fois... pas de
réponse. Un soupçon me traverse la
tête... Je monte, je colle mon oreille à

la porte, et j'entends comme un bruit de lutte, des gémissements étouffés... Plus de doute! On maltraite Madeleine... Mon premier mouvement est de me jeter sur la porte, de l'enfoncer d'un coup d'épaule, mais elle résistera... Et puis, je n'ai pas d'arme... et je veux les tuer, cette fois, je veux les tuer!... Je descends donc et je prends un trois-quarts... Comme j'allais remonter, je trouve Laurent... Une idée me vient... Je l'emmène dans le jardin là, derrière... Je prends une échelle et je l'applique à la fenêtre du cabinet que vous voyez là... Il y avait un carreau en papier... Avec son couteau, doucement, Laurent le coupera, puis il passera son bras et fera jouer la targette; alors, il entrera brusquement, s'élancera vers la porte et tirera le verrou. Je serai là.

Pendant qu'il coupe le papier, je remonte, et j'attends à la porte, mon trois-quarts à la main. Quel moment, monsieur ! Un siècle ! Je ne suis pas douillet, mais le cœur me sautait dans la poitrine... Tout à coup, j'entends le châssis qui s'ouvre, puis un bruit de pas, puis deux ou trois chocs contre la porte... Je pèse sur le loquet et je pousse, rien ! Puis, un grand cri... C'est la Fouine qui vient d'apercevoir Laurent, et de l'abattre d'un coup de poing.

Je me jette alors contre la porte, une fois, deux fois... Elle résiste.

Je m'arrachais les cheveux de désespoir, quand tout à coup, j'entends tirer le verrou. C'est Madeleine que le cri de son enfant a ranimée, et qui s'est élancée.

J'entre.

En face de moi, le Carlin à moitié
vêtu. Pendant qu'il cherche son sabre,
je lui fiche mon trois-quarts dans la poitrine... De quoi tuer un bœuf... Il roule.

En même temps, je reçois un coup
de sabre sur la nuque : c'est la Fouine
qui vient à la charge. Heureusement, le
coup avait porté à faux... Avant qu'il
redouble, je suis à lui... Je lui envoie
deux, trois coups... En se débattant, il
m'accroche, et nous tombons pêle-
mêle... Je continue à frapper... Déjà il
râle, quand je sens une main qui me
serre le cou... un étau ! Je suffoquais...
C'était le Carlin que j'avais mal tué, et
qui revenait sur l'eau. Je veux m'en dé-
barrasser, impossible ! Il avait ramassé
le sabre de la Fouine, et me balafrait
tant bien que mal le dos et le flanc. J'al-

lais perdre connaissance, quand je sentis sa main se détendre. Madeleine s'était traînée vers lui, et, avec le couteau de Laurent, elle lui sciait le cou. Elle l'acheva.

VII

Oui, continua le père Pouchet, cela s'est passé ainsi, à cette place, il y a trente ans... Vous parliez de sang... Je crois bien qu'il y en avait... Celui des Kinserlicks, le mien, celui de Laurent que le coup de poing de la Fouine avait aplati contre le mur... Une vraie boucherie !

Il se fit un silence. J'étais là, couché au milieu d'eux. Par la fenêtre entr'ou-

verte, j'entendais au loin des voix avi-
nées qui chantaient. Pourtant, je me
dis : « Ce n'est pas tout, c'est malsain
de rester comme cela. » Et je tâche de
me remettre sur pied. Ça n'a pas été
sans peine. Je finis par en venir à
bout. J'allume une chandelle et je regarde... C'était beau, allez !... Madeleine et Laurent sans connaissance,
pêle-mêle avec les Kinserlicks... J'avais
caché dans un coin une bouteille d'eau-
de-vie, j'en bois une goutte. Ça me
remet... Je me tâte, rien de sérieuse-
ment endommagé... Mais il fallait faire
revenir Laurent et Madeleine... Ça a été
le diable. J'avais beau leur humecter
les lèvres d'eau-de-vie, rien n'y faisait... Alors je les portai sur le lit ;
puis, regardant les Cosaques, je me dis :
« A tout hasard, il faut déblayer cela.

Ce n'est pas bon à garder. » Je leur
fis donc la même cérémonie qu'au premier. Je les enveloppai, l'un, dans une
couverture, l'autre, dans un drap.
Après quoi, je les portai l'un après
l'autre, et je les enfouis à côté du ca-
marade.

Cela me prit du temps, car j'étais
faible... Il était plus de minuit... Rentré, je casse une croûte, puis je vais
chercher deux seaux d'eau au rus, là-
bas, et je les jette par la chambre. Je
lave, je frotte tant bien que mal. Le
plancher boit tout ça. Et quand ce fut
fait, je secouai ma femme et Laurent,
car il fallait bien en finir et prendre un
parti.

Moi, de m'exposer encore une fois
aux baguettes, ça ne m'allait pas du
tout, et pour les éviter, il n'y avait

qu'un moyen : c'était de quitter la maison... Tant pis ! elle deviendrait ce
qu'elle pourrait. Je tâchai de faire comprendre cela à Madeleine. Elle ne m'entendait pas. Epeurée, elle regardait
comme en dedans... Laurent, lui, ne
valait guère mieux. Il n'avait pourtant
qu'un bras de foulé et un trou à la tête.
Mais les enfants sont toujours un peu
mous.

Enfin, à force de tirailler, je parvins
à les remettre sur leurs jambes. Madeleine fait un paquet de nos hardes ; moi,
je tire les deux cents francs de leur cachette, j'empoigne un pain que j'em-
manche au bout d'un bâton, et nous
voilà en route à travers champs.

Où aller ? C'était l'embarras. Je réfléchis une minute, et je me dis qu'il
y en a, en Puisaye, de grands bois où

on peut se cacher. Nous marchons
donc de ce côté-là, mais pas vite. Le
jour se levait, et nous n'avions encore
fait qu'une lieue et demie. Dejà, Madeleine était lasse, et Laurent n'en
pouvait plus. Nous faisons halte au
coin d'un buisson, bien embarrassés,
quand, à trois cents pas de nous, j'a-
perçois une ferme, et l'idée me vient
que ma femme et Laurent pourront
s'y loger... En effet, le fermier était un
brave homme. Il consentit à prendre
en service la mère et l'enfant. Des
gages, il n'en fut pas question. Le logement et la nourriture, c'était déjà bien
gentil.

Je les laissai donc là, et je continuai
mon chemin. J'achetai un fusil d'occasion, et je fis avec quelques autres une
petite guerre de partisans. Ça ne me

réussissait guère, car moi, voyez-vous,
j'ai servi dans la cavalerie, et je ne
suis pas fort sur le fusil... Enfin, n'importe, ça été tant bien que mal pendant
quelques mois, jusqu'à ce que... Ah!
ça, voyez-vous, c'est le plus rude de
l'affaire.

— Qu'est-ce donc? demandai-je.

VIII

Le père Pouchet se taisait, son regard était fixe et son front plissé comme
sous l'obsession d'un souvenir doulou-
reux. Mais, bientôt, il reprit :

— Autant vaut que vous le sachiez...
Après tout, s'il y a de ma faute, je l'ai

assez regretté. Et il en est pas mal
d'autres qui, à ma place, n'auraient pas
fait autrement que moi. Enfin, voici :
Tout en rôdant à droite et à gauche, je
ne m'écartais jamais trop de la ferme,
et de temps en temps, la nuit, je venais
voir Madeleine et Laurent. Il était guéri,
lui, le petit, mais Madeleine dépérissait
à vue d'œil. Elle était triste, triste...
J'avais beau lui dire que ça ne dure-
rait pas toujours, que les Kinserlicks
s'en iraient, que nous rentrerions chez
nous, tout ce qu'on peut dire quoi !...
C'était comme si j'avais chanté.

Un jour, je la trouve plus abattue
que d'ordinaire. Je tâche de la consoler,
je lui demande ce qu'elle a. Sans rien
dire, elle se met à pleurer. J'insiste, je
supplie, je commande... et enfin, en se
cachant la figure dans les mains, bien

bas, bien bas, la voix toute tremblante, elle me raconte la scène qui s'est passée, quatre mois auparavant... Au moment où elle entre dans la chambre, le Carlin se précipite sur elle, étouffe ses cris, et la jette sur le lit... Quand je suis arrivé à son secours, il était trop tard... Le crime était consommé... Enfin, elle m'avoue qu'elle est grosse.

Le tonnerre serait tombé sur moi, que ça ne m'aurait pas fait plus d'effet... Elle s'était jetée à mes genoux... Moi, je restais comme pétrifié... Mais, bientôt, la colère reprend le dessus... Je la repousse du pied, et pour ne pas la tuer... car j'en avais la tentation... je me sauve comme un fou, en lui criant qu'elle ne me reverra jamais.

J'ai eu tort. Ah! Je m'en suis bien repenti depuis... pauvre femme, était-

ce sa faute? N'était-elle pas aussi malheureuse que moi? Est-ce que je devais
céder au premier mouvement? Sans
doute, je me dis cela, et bien d'autres
choses... Mais j'aurais dû me les dire
plus tôt.

Trois jours après, je revenais à la
ferme. Il y avait du changement... Je
trouvai Madeleine au lit, avec une
fièvre!... Elle battait la campagne. Sa
pauvre tête n'y était plus... Je compris
le mal que j'avais fait... Je m'approche du lit. Aussitôt qu'elle m'aperçoit,
d'instinct... car pour sûr, elle ne me
reconnaissait pas... elle se rejette en
arrière avec un grand cri... La mère du
fermier, une bonne vieille qui l'avait
prise en affection et qui la soignait, me
fait signe de m'en aller, que je la tuerai
en restant... Mais, je me dis qu'il n'y

a que moi qui puisse la guérir... Je cours à elle, je la prends dans mes bras, je lui demande pardon... Que ce n'est pas sa faute, que je le sais bien, que j'ai eu tort, que j'aimerais son enfant comme le mien... Je mentais, je ne l'aurais pas aimé... Mais j'aurais fait semblant à cause d'elle.

J'avais beau dire, elle ne m'entendait pas... Elle frissonnait et brûlait... Et puis, des terreurs, des extravagances qui lui passaient dans la tête... Ça faisait pitié, et je pleurais toutes mes larmes.

Pendant deux jours, nous avons fait notre possible, la pauvre vieille et moi. Nous lui avons parlé sur tous les tons, nous lui avons amené son Laurent qu'elle aimait tant... Peine perdue ! Elle ne connaissait personne. Elle n'a pu

6

retrouver un instant de raison jusqu'à
ce qu'elle fût morte.

. . . .

Le père Pouchet se tut. Son récit
m'avait impressionné, et déjà je me li-
vrais à des observations, à des condo-
léances. Il m'interrompit :

— Bah ! Laissez donc. C'est comme
cela, la vie... Vous êtes jeune, vous
verrez... Plus tard, j'ai perdu Laurent...
Un coup bien rude aussi !... Mais tout
passe, et on vieillit comme vous voyez...
N'importe, ajouta-t-il, si les Kinserlicks
m'ont fait du mal, je ne les ai pas mé-
nagés !

— Non certes !

— Quand ils n'auraient servi qu'à
engraisser ma vigne.

— Comment ! C'est dans votre vigne
que ?...

— Que je les ai enterrés, oui... Il y
a trente et un ans, au pied du cep où
vous m'avez vu... C'est égal, n'est-ce
pas que ça se sent toujours?

Un rapide coup d'œil sur mon auditoire m'apprit que j'avais produit, cette fois, un certain effet. Je ne parlais plus, et toutes les tiges, toutes les branches se penchaient toujours vers moi d'un air recueilli, comme si je parlais encore.

Le lilas blanc, seul, ne paraissait pas entièrement satisfait. Tout à coup, il éleva la voix et dit :

— Es-tu bien sûr que cette histoire se soit passée au commencement du siècle?... Elle pourrait être aussi bien arrivée il y a quelques années... Tu nous as transportés à l'époque de la première invasion... Pourquoi la première, au lieu de la seconde, celle dont nous pleurons, dont nous souffrons encore? Pourquoi les Cosaques au lieu de...

— Chut! chut! crièrent les grands arbustes.

Ils avaient du tact, et lui imposaient silence.

Quant à moi, agacé de l'opposition que n'avait cessé de me faire le lilas blanc, de ses dernières remarques compromettantes, je m'éloignai et me dirigeai vers le bois.

A mon approche, les troncs des vieux arbres frémirent en signe de joie, les feuilles naissantes s'agitèrent et du

6.

haut d'un chêne, tombèrent ces mots :

— J'étais trop loin de toi pour t'entendre, mais de charmille en charmille, de buisson en buisson, on m'a répété ta dernière histoire... Tu disais l'avoir écrite avec un vieil ami. Ne voulais-tu pas parler de Jules Dautin?

— Sans doute. Tu te souviens de lui?

— Certainement, tous mes compagnons aussi, tous mes voisins de la futaie... Nous le voyons encore comme si c'était hier, se promener avec toi, là dans cette allée, à nos pieds... C'était un homme d'une cinquantaine d'années, robuste, bien taillé, bien planté, carré d'épaules. Il avait le regard intelligent, le sourire doux et bon, les traits réguliers... Mais son teint fort en couleur, hâlé par le soleil et le vent, ses cheveux longs, désordonnés, certains détails de sa toilette, disaient qu'il n'était pas un homme des villes, qu'il habitait la campagne, non pas celle des environs de Paris, la grande campagne aux larges horizons. En effet, il semblait mal à l'aise, à l'étroit, dans ton petit jardin, dans la petite allée, au milieu de nous. « On manque d'air ici, murmurait-il souvent, j'ai hâte de retourner dans ma vieille Bourgogne où l'on respire mieux, à pleins poumons. » Bientôt nous ne l'avons plus revu. Il est sans doute parti comme il le désirait. Ne reviendra-t-il plus ?

— Non, il est mort.

— Ah !

Un long silence se fit. Je le rompis pour dire :

— Je ne l'ai pas connu, je n'ai pas vécu avec lui autant que je l'aurais dé-

siré... Comme vous l'avez remarqué,
il n'était heureux que dans son petit
coin de terre, sa petite maison, à Migé,
près de Coulanges-la-Vineuse, dans
l'Yonne. Il ne venait à Paris que con-
traint et forcé, tous les trois ou quatre
ans, et se sauvait au plus vite. Moi, je
lui promettais d'aller là-bas passer quelques semaines avec lui, et Paris me
retenait toujours... Mais, si nous nous
voyions rarement, en retour il m'écri-
vait de bonnes et longues lettres toutes
pleines de charmantes pensées... Je les
ai toutes conservées, je les relis parfois, et son esprit les éclaire encore,
son cœur les ensoleille.

— N'avez-vous pas beaucoup travaillé ensemble? demanda le chêne.

— Beaucoup, non. Mais nous avons
écrit en collaboration *le Parricide*, *le*

Secret terrible et *la Bossue*, des volumes assez compacts.

— Comment pouviez-vous travailler ainsi, à distance, en ne vous voyant qu'à de rares intervalles?

— Par correspondance. Je cherchais une idée de roman, et si elle lui souriait, j'écrivais un plan, très détaillé, très fourni. Il se mettait alors au travail, m'envoyait ses feuilletons que souvent je recommençais en entier, mais que souvent aussi on publiait tels qu'il les avait écrits, et ce n'étaient pas les plus mauvais... Parfois, nous nous disputions dans nos lettres, nous n'étions pas du même avis... Je trouvais tel épisode trop long; il le trouvait trop court. Je voulais faire mourir dans son lit un de nos personnages, quelque gredin; il préférait l'envoyer à l'échafaud.

Je donnais des cheveux blonds à notre
héroïne, il la rêvait brune... Les lettres,
succédaient aux lettres, la poste s'en-
richissait de nos discordes. Puis ces
grandes disputes s'apaisaient à l'aide
de concessions mutuelles. Le gredin
était noyé, et l'héroïne, ne pouvant être
ni brune ni blonde, devenait rousse.

— N'avez-vous pas écrit aussi ensemble quelques nouvelles? fit un aca-
cia voisin.

— Deux ou trois, celle, par exemple,
que je viens de raconter et que je pu-
blierai bientôt. Je tiens à la faire revivre, en souvenir d'un ami qui m'était
cher, et aussi pour la grande joie de
son fils.

— Ah! il a laissé un fils!

— Oui, un gentil et sage garçon qui
vit aussi là-bas en Bourgogne, suit une

carrière honorable, et conserve religieu-
sement le culte du père, de l'ami qu'il
a perdu si vite.

J'allais m'éloigner, et pénétrer plus
avant dans le bois lorsqu'un gros bou-
leau, silencieux jusque-là, me dit :

— Tu viens de nous parler de trois
nouvelles écrites avec Jules Dautin, et
tu n'en as raconté qu'une. Pourquoi ne
nous en dirais-tu pas une autre ?

— Cela vous ferait bien plaisir ? demandai-je.

— Oui, oui, cria tout le bois.

— Eh bien, je vais vous dire *le Pigeon*, encore un titre de circonstance.
Mais je désire que cette nouvelle histoire reste entre nous... Je ne veux
pas qu'elle coure le jardin, qu'elle
arrive là-bas jusqu'aux arbustes et aux
fleurs... Ils ne comprendraient pas ;

c'est trop sérieux pour eux, et je ferais encore un four.

Les vieux arbres promirent le secret et firent prêter serment aux jeunes.

LE PIGEON

I

C'était au hameau de Morelles, un
soir de janvier, vers cinq heures, dans
la cuisine de l'auberge de Jean Clavé,
cabaretier et vigneron. Clavé, revenu
de sa vigne, se chauffait au coin du
feu, l'air grognon et maussade, tandis
que sa femme préparait le souper, et
que sa fille Arsène, belle brune de
dix-huit ans, mettait le couvert. Quatre
polissons, qui jouaient au billard dans

7

la salle à côté, ayant déguerpi, chassés par la nuit qui tombait, la famille se trouva seule, et une querelle s'éleva au sujet des amoureux d'Arsène, et particulièrement d'un certain Vincent Minaut, avec qui, paraît-il, elle se compromettait.

— Tout le monde en parle, dit Clavé, et il est temps que cela finisse. Je te défends de le revoir.

— Il ne vient jamais ici, pas même le dimanche, avec les autres jeunes gens.

— Parce que je l'ai mis un jour à la porte, et qu'il s'en souvient. Mais il y a d'autres endroits : au bal, où tu n'as de contredanses que pour lui ; à la veillée, chez la Vinette, où il est toujours collé contre ta chaise, à te souffler dans le dos.

— Mais, mon ami, je suis là, dit Mme Clavé.

— Oui, belle garantie ! On sait tes complaisances. Quand les femmes ne font plus l'amour pour leur compte, elles n'ont pas de plus grand plaisir que de le voir faire à leurs filles.

— Enfin, dit Arsène, que reproches-tu à Vincent?

— Je lui reproche... que son père est ruiné. Je ne veux pas, entends-tu, que mon bien serve à payer les dettes des Minaut... Ah! mais non, ça ne m'irait pas du tout.

On entendit frapper à la porte, et la dispute cessa.

— Entrez, cria Clavé.

La porte s'ouvrit et donna passage à un homme d'une soixantaine d'années, en costume de chasse, escorté de deux chiens courants aussi crottés que lui.

— Eh ! c'est M. Pié-Rondal, fit Clavé
en se levant et en portant respectueuse-
ment la main à sa casquette.

— Moi-même, mon brave, dit le nouveau venu, et je viens vous demander à
dîner et à coucher pour cette nuit.

En disant cela, il se débarrassait de
son attirail de chasse, écartait du pied
ses chiens, et présentait au feu sa bonne
et placide figure encadrée de favoris
grisonnants.

M. Pié-Rondal était un honnête avocat inscrit, déjà depuis quarante ans, au
barreau de sa ville natale, et qui, pourvu
d'un patrimoine suffisant et célibataire
par système, avait peu à peu délaissé
les affaires pour se livrer exclusivement
à ses goûts dominants, la chasse et l'archéologie. La première de ces passions

venait de lui faire parcourir, toute la journée, un bois qu'il possédait dans les environs. La seconde, l'archéologie, l'amenait dans ce village et dans cette auberge.

Mme Clavé avait ajouté au menu quelques tranches de jambon et une omelette. Elle offrit à M. Pié-Rondal de le servir à part, dans sa chambre ; mais il préféra partager le repas de la famille, parce qu'il avait, dit-il, quelques renseignements à demander à Clavé.

En effet, dès qu'on fut à table, il s'informa s'il n'y avait pas dans le village une certaine famille Minaut. A ce nom, qui rappelait leur récente querelle, Arsène et sa mère rougirent, et Clavé fronça ses gros sourcils.

— Certainement, fit-il, il y a des Minaut ici, et je m'en passerais bien..

— Ah ! vous êtes brouillé avec eux?

— A peu près. Mais vous pouvez voir demain, si bon vous semble, Félix Minaut et Vincent, son fils.

— Il n'y en a pas d'autres dans le pays ?

— Non... c'est bien assez.

— Sans doute, c'est bien assez, dit en souriant M. Pié-Rondal, si ce sont, comme j'ai lieu de le supposer, des arrière-neveux de l'abbé Minaut, vicaire de Saint-Eusèbe, qui a émigré pendant là révolution... car vous savez que l'abbé Minaut était originaire de Morelles ?

— Je ne m'en doutais pas, dit Clavé.

— Au fait, cela remonte déjà loin. Oui, continua M. Pié-Rondal, l'abbé Minaut était votre compatriote. Un esprit fort remarquable, du reste : jeune

encore, il avait composé un Traité de
Discipline ecclésiastique, et, ce qui est
beaucoup plus intéressant pour moi,
il avait entrepris la continuation de
l'*Histoire de la ville et du diocèse
d'Auxerre*, à partir de l'époque où
s'arrête l'ouvrage de l'abbé Lebeuf.
Or, comme je m'occupe précisément
du même sujet, vous sentez combien
il m'importe de retrouver les notes,
pièces et documents qu'il avait ras-
semblés. Mais où tout cela est-il? J'ai
inutilement fureté dans les dépôts pu-
blics, dans les collections particulières...
A la fin, je me suis dit que l'abbé Minaut avait dû, au moment de quitter
la France, confier ce qu'il avait de plus
précieux, et par conséquent ses manuscrits, à quelqu'un de sa famille, — peut-
être à son frère, — dont les Minaut

actuels seraient les descendants. Croyez-
vous que ces gens aient soigneusement
conservé ce dépôt?

Clavé n'avait aucune idée à cet égard.
Il savait seulement que les Minaut ap-
partenaient à une famille ancienne, con-
sidérée du pays, à son aise, riche même.
Malheureusement, Félix Minaut s'était
endetté, ruiné dans le commerce des
bestiaux, et, la tête comme perdue, il
s'avisait pour rétablir les affaires, de
chercher des trésors dans sa cave.

— Et on veut que je donne ma fille
au fils de cet homme-là? Jamais! s'é-
cria Clavé, en frappant du poing sur la
table.

M. Pié-Rondal s'expliquait maintenant l'amertume des propos de son
hôte.

— Il ne t'a jamais demandé ma main,

dit Arsène, en regardant fixement son père.

— Parce qu'il sait qu'il ne serait pas bien reçu. Non, il attend que tu sois compromise, au point que je ne puisse plus refuser. Ne t'y fie pas ! Quoi qu'il arrive, je ne consentirai jamais.

La querelle allait se ranimer. M. Pié-Rondal intervint et la calma de son mieux. Cependant Clavé revenait sur les imprudences de sa fille.

— Figurez-vous, dit-il, qu'au bal, elle ne danse jamais qu'avec ce Vincent Mi-naut.

— Eh bien, soit ! fit résolument Ar-sène. Si cela te déplaît, je n'irai plus au bal.

— Bah !... ni chez la Vinette ?

— Chez la Vinette non plus. Je pas-serai mes soirées ici avec ma mère.

7.

C'était une soumission édifiante..
Mme Clavé embrassa tendrement sa fille,
tandis que M. Pié-Rondal la félicitait, et
que Clavé laissait échapper un gronde-
ment de satisfaction.

Après dîner, M. Pié-Rondal, fatigué,
se fit conduire dans sa chambre et se
mit au lit.

Il dormit assez mal; ses recherches
du lendemain le préoccupaient. Vers
minuit, il fut réveillé tout à fait par un
bruit qu'il entendit dans le jardin. Il se
leva, ouvrit sa fenêtre et, malgré l'obscurité, il put distinguer un gars en
blouse, qui fuyait à travers le jardin,
tandis que, non loin de là, la belle Arsène refermait discrètement sa croisée.

Cette découverte, où l'archéologie
n'avait rien à voir, le scandalisa quelque peu, — et il comprit qu'une fille,

dont le penchant est contrarié, ne cède sur un point, que pour se rattraper sur un autre.

II

Le lendemain matin, M. Pié-Rondal se fit indiquer la demeure des Minaut.

C'était, à l'extrémité du village et sur une légère éminence, une vieille bâtisse, précédée d'une grande cour et flanquée, à droite et à gauche, de bâtiments d'exploitation délabrés. Dans un coin s'élevait un massif colombier, vide de ses hôtes depuis longtemps, mais toujours surmonté de l'inévitable pigeon de faïence. Tout cet ensemble

avait pu constituer autrefois une sorte
de gentilhommière. C'était si dégradé
maintenant, ces murs crevassés, en
ruine, suintaient si fort l'incurie et la
misère, que la moindre maison du village pouvait passer pour un palais, auprès de cette habitation.

Pié-Rondal aperçut, au fond de la
cour, un solide gaillard de vingt-deux
ans occupé à charger un tombereau de
fumier. Il crut reconnaître le galant dont
il avait troublé l'entretien, la nuit pré-
cédente.

— Pour quelqu'un qui n'a guère
dormi cette nuit, vous êtes levé de
bonne heure, lui dit-il.

Le jeune homme, qui n'était autre,
en effet, que Vincent Minaut, se troubla.

— Quoi ! monsieur... C'était vous ?
balbutia-t-il.

— Oui, c'était moi. Allons ! remet-
tez-vous, je ne dirai rien. Mais sapristi !
jeune homme, il faut des mœurs... de la
prudence ; car, si Clavé eût été à ma
place... Hein ! il n'est pas tendre,
Clavé.

Vincent le savait mieux que personne. Il remercia M. Pié-Rondal par
un regard expressif, et l'invita bientôt
à entrer dans la maison.

La pièce où il l'introduisit était une
vaste cuisine enfumée, haute de pla-
fond, sur l'épaisse table de laquelle un
garçon de quatorze ans, frère de Vincent, était en train de boucler ses livres
avant de partir pour l'école, tandis que
sa mère, grande femme sèche et déjà
ridée, faisait bouillir sur un feu de sar-
ment une pâtée pour ses volailles.

M. Pié-Rondal allait expliquer le but

de sa visite, lorsque son attention fut attirée par des coups sourds et réguliers qui partaient de dessous terre, comme si quelqu'un eût pris à tâche de saper la maison. Il demanda ce que cela signifiait.

— C'est mon père qui travaille dans la cave, dit Vincent.

Et il envoya son jeune frère prévenir Minaut que quelqu'un désirait le voir.

D'après ce qui lui avait été dit la veille, M. Pié-Rondal n'eut pas de peine à deviner de quel travail il s'agissait. Cela lui fit craindre un mauvais accueil : les chercheurs de trésors n'aiment pas, en général, à être dérangés dans leur besogne.

Aussi, fut-il agréablement surpris, quand, un moment après, il vit entrer

un homme d'une cinquantaine d'années,
non pas sombre et exalté, comme il
s'y attendait, mais calme, l'œil intelligent et doux, un sourire vague sur les
lèvres, et, dans toute sa personne, une
sorte de distinction native encore per-
ceptible sous son grossier accoutrement
souillé de terre.

M. Pié-Rondal, après s'être excusé,
parla de ses études archéologiques, de
l'abbé Minaut, dont il recherchait les
manuscrits : Né à Morelles, il devait
être parent des personnes du même
nom qui habitaient encore le village?

— C'était mon grand oncle, dit Minaut.

— Ah! très bien. Et il a dû vous laisser des papiers?

— En effet, mais il en reste bien
peu... Ils sont à votre disposition.

M. Pié-Rondal remercia vivement.

— Et, ajouta-t-il, il est possible que mes recherches viennent en aide à celles que vous faites vous-même en ce moment.

— Ah! fit Minaut, on vous a parlé de cela?

— Oui; du reste en entrant ici, j'ai entendu piocher dans la cave.

— C'était moi. Je n'ai pas à m'en cacher. Je sais qu'une somme importante a été enfouie quelque part, dans cette maison, par mon grand-père et par son frère, ce même abbé Minaut dont vous me parlez, et j'ai pris à tâche de la découvrir.

— Justement! Si c'est l'abbé Minaut qui l'a enfouie, il a dû prendre ses précautions pour qu'elle ne fût pas perdue pour sa famille; il a très probablement

laissé une note, une indication quelconque.

— Non, monsieur. Vous pensez bien
que je n'ai pas entrepris mes fouilles
sans avoir au préalable feuilleté tous
les papiers qui sont dans la maison.

— Vous n'avez rien trouvé ?

— Absolument rien.

— C'est étonnant. Pourtant, vous êtes
sûr qu'il y a de l'argent caché ici ?

— Oui, monsieur, autant du moins
qu'on puisse l'être d'une chose certifiée
par une personne digne de foi. Au sur-
plus, jugez vous-même si j'ai tort ou
raison.

Minaut fit asseoir son interlocuteur,
et, après avoir ravivé le feu qui s'étei-
gnait, continua :

— Il y a longtemps de cela, j'avais

douze ou treize ans, mais je m'en souviens comme si c'était hier, j'ai entendu
ma grand'mère, la mère de mon père,
assise à cette place où me voilà, nous
dire à tous :

« Mes enfants, ne vendez pas cette
maison tant que vous n'aurez pas trouvé
l'argent qui y est caché, une grosse
somme, je vous assure, et qui vaut beaucoup plus que la maison elle-même. »
Elle disait cela pour la vingtième fois,
et, comme mon père, un peu impatienté,
lui demandait en quel endroit était ce
trésor, elle secoua tristement la tête,
en disant : « Je ne dois pas, je ne peux
pas vous dire ; mais il y a de l'argent,
j'en suis sûre ; cherchez-le. »

— Votre grand'mère était âgée ?

— J'entends. Oui, monsieur, elle était
âgée ; mais elle avait bien ses idées, elle

ne radotait pas. D'ailleurs, si elle ne
pouvait pas dire l'endroit, elle parlait
de certaines circonstances, très vrai-
semblables. Ainsi, à l'époque de la
Révolution, mon grand'père et l'abbé
Minaut venaient d'hériter de cette maison et des propriétés s'y rattachant,
alors bien plus importantes qu'aujour-
d'hui. L'abbé, inquiété parce qu'il refusait le serment exigé des prêtres, résolut d'émigrer. Prévoyant aussi que
la persécution ne s'arrêterait pas là,
il décida son frère à vendre la plus
grande partie de l'héritage commun.

Cette vente se fit, vous pensez dans
quelles conditions! Ils voulaient du
comptant, et l'argent était rare. Cependant, elle eut lieu, et le produit, c'est-à-
dire environ quarante mille francs, fut
enfoui par les deux frères dans un coin

de la maison où nous sommes; puis l'abbé partit.

La précaution n'était pas exagérée. Frère d'un émigré, connu lui-même pour ses opinions monarchiques, mon grand'père fut emprisonné et ses biens mis sous séquestre; mais la réaction survint, et il fut rendu à la liberté. C'est peu de temps après, au commencement de 95, qu'il se maria.

De l'abbé, on n'avait pas de nouvelles; on n'en a jamais eu depuis. Quant à mon grand-père, plusieurs fois il fut question, entre lui et sa jeune femme du prix de ces biens vendus, et il lui disait que la somme était *en place...* *bien en sûreté... pas loin d'ici... pas chez les voisins, bien sûr !* Je vous cite ses expressions, telles que ma grand' mère nous les rapportait, plus de qua-

rante ans après. Jamais il ne s'expliqua
davantage, soit qu'il craignit une indis-
crétion involontaire de sa femme, soit
qu'il ne voulût pas disposer d'un secret
qui n'était pas à lui seul. Pouvait-il,
d'ailleurs, prévoir ce qui est arrivé?
Son frère, dont il attendait le retour,
n'a jamais reparu; quant à lui, peu
de temps après, un jour qu'il char-
royait du bois, sa voiture versa : il fut
pris sous un moyeu de la roue, et rapporté mourant à la maison, sans avoir
pu prononcer un seul mot.

Voyons! monsieur, je m'en rapporte
à vous, ai-je tort? Faut-il me traiter de
visionnaire et de fou, comme le font mes
voisins?

— Non, dit M. Pié-Rondal, ces indications me paraissent sérieuses; seulement, je m'étonne que vous ayez at-

tendu jusqu'à présent pour les vérifier.

— Oh! monsieur, vous devez bien penser que les fouilles que je fais en ce moment ne sont pas les premières. Cette cave que je pioche jusqu'à une profondeur de deux pieds, ma grand' mère en a déjà fait gratter la surface, dans les premiers temps de son mariage. Mon père, lui, s'est attaqué à la bergerie ; moi, il y a une vingtaine d'années, j'ai dépavé les écuries et la grange. Que n'avons-nous pas remué ici, depuis soixante-dix ans ! De dépit, j'ai fini par tout laisser là, et je me suis mis à faire du commerce. Si je m'y étais enrichi, il est probable que je n'aurais jamais repris ces fouilles ; je me serais contenté de transmettre à mes enfants l'énigme qui nous tourmente depuis trois générations. Mais je n'ai pas réussi, j'ai

des dettes, et... je vous le dis en confidence, je crains d'être exproprié par
mes créanciers. Comprenez-vous, monsieur?... Voir vendre à vil prix cette
maison qui renferme un trésor!... Et
quel supplice de se dire : « il ne me
faudrait pas plus de douze ou treize
mille francs pour me libérer, et il y a
ici une somme double ou triple, bien à
moi, à portée de ma main, sous la pierre
de ce foyer peut-être... Eh bien, non !
malheureux, tu n'y toucheras pas, elle
sera perdue pour toi, pour tes enfants, et c'est un étranger qui en profi-
tera ! »

Minaut était ému, ses yeux roulaient
des larmes.

— Voyons ! ne désespérez pas, lui dit
M. Pié-Rondal. Montrez-moi les papiers
de l'abbé Minaut; quelque chose me dit

que nous y trouverons une indication qui vous sera utile.

Ils se levèrent, et Minaut s'engagea, avec son interlocuteur, dans un vieil escalier de pierre, aux marches usées, qui conduisait au grenier.

III

Ils arrivèrent à une sorte de galetas où Minaut serrait son blé et ses graines, et qui servait en même temps de débarras. Dans un coin, près de la fenêtre, un grand bahut sans couvercle contenait, pêle-mêle, des livres et des papiers ; M. Pié-Rondal se mit immédiatement en devoir de l'explorer.

Il eut le regret de constater qu'il n'y avait là autre chose que des papiers de famille, titres, contrats divers, tous très vieux, très vénérables, mais sans la moindre valeur archéologique. Quant aux livres, une cinquantaine environ, bien qu'ils eussent, pour la plupart, appartenu à l'abbé Minaut, dont ils portaient le chiffre, ils n'offraient pas non plus de sérieux intérêt.

— Maintenant, dit M. Pié-Rondal à Minaut, venons à ce qui vous intéresse. Vous avez déjà compulsé ces papiers, sommairement comme je viens de le faire ; ce n'est pas assez. L'abbé Minaut s'attendait à des visites domiciliaires, à des perquisitions, et, s'il a laissé ici un document relatif à l'argent qu'il venait d'enfouir, il a dû le libeller de telle sorte que son secret ne fût pas à la merci du premier venu ; par conséquent, il nous faut examiner tout ceci méticuleuse-ment, à la loupe, pour ainsi dire.

Ils se mirent à la besogne. Papiers et livres furent passés en revue avec le plus grand soin, page par page. M. Pié-Rondal poussait la conscience jusqu'à éventrer certaines reliures qu'il soup-çonnait de recéler quelque note secrète. Rien n'apparut, et après deux heures de perquisitions inutiles, ils durent quitter le galelas, désappointés et transis de froid.

Tandis qu'ils se réchauffaient dans la cuisine et que M. Pié-Rondal se de-mandait si l'indication cherchée n'avait pas été confiée à un objet moins péris-sable qu'une feuille de papier, le jeune fils de Minaut, Tienni, rentra de l'école, tenant son paquet de livres, qu'il dé-

posa sur la table, pour prendre des
mains de sa mère une tartine de confi-
tures. Le hasard voulut que les yeux de
M. Pié-Rondal se portassent machina-
lement sur ce paquet. Tout à coup, il
tressaillit, et, s'élançant vers la table, il
déboucla la courroie, prit un des livres,
revêtu d'une solide couverture de parchemin, et, le présentant à Tienni, lui
demanda brusquement :

— Où as-tu pris cela ?

L'enfant fut tellement saisi, qu'il laissa
tomber sa tartine.

— C'est mon *Choix de lectures*, balbutia-t-il.

— Mais cette couverture, d'où vient-
elle ?

Tienni avoua en pleurant qu'il l'avait
prise dans la chambre au grain.

— Malheureux ! s'écria Minaut.

M. Pié-Rondal avait déjà jeté un coup
d'œil sur le parchemin.

— C'est du latin, dit-il, et vraisem-
blablement de l'abbé Minaut. Voyons
cela !

L'enfant s'était très bien entendu à
recouvrir son *Choix de lectures*. Il
avait d'abord trempé le parchemin dans
l'eau pour l'assouplir, puis, l'appli-
quant sur le livre, il avait, de chaque
côté, replié les bords dans l'intérieur
du cartonnage.

En un clin d'œil, tout cet agencement
fut détruit. L'une des pages du parchemin contenait un bail à rente, en date
de 1774 relatif à un pré que la famille
Minaut avait vendu depuis, en 1842.
Malheureusement, c'était cette page que
Tienni avait appliqué contre son livre,
et qui, garantie de tout contact exté-

rieur, avait conservé, nette et parfaitement lisible, l'écriture du notaire. Mais,
qu'importait cet acte, maintenant sans
objet? L'essentiel était de déchiffrer la
note latine écrite sur le verso. Comment
y parvenir, sous ces taches d'encre et
ces souillures de toute sorte qui s'y
étaient accumulées, depuis deux mois,
entre les mains de l'écolier?

Cependant, M. Pié-Rondal ne déses-
péra pas d'en venir à bout.

D'abord, le commencement de la note,
replié dans l'intérieur du livre, avait
été suffisamment préservé; on pouvait
le lire. Il est vrai que la quatrième ligne,
mise en saillie par l'arrête du cartonnage, était presque complètement
effacée, mais les lignes suivantes lais-
saient entrevoir quelques syllabes et
même, à la fin, on distinguait nettement

8.

une partie de la signature : J. Min...

— C'est de l'abbé Minaut! s'écria M. Pié-Rondal... Attendez ! fit-il en se reportant vivement aux premières lignes de la note, oui... c'est cela... *Meos fratrisque mei nummos...* Il s'agit du trésor que vous cherchez !

Minaut et sa femme, ainsi que Vincent qui venait de rentrer, poussèrent des exclamations de surprise et de joie.

M. Pié-Rondal s'était de nouveau penché sur le manuscrit, scrutant du regard, grattant de l'ongle, marmottant des syllabes étranges : *Ter... ter...* oui, c'est un *r... nat... nat...* qu'est-ce qu'il y a ensuite ?

Et toute la famille, les yeux fixés sur lui, attendait anxieusement, dans le plus profond silence.

Tout à coup, il se redressa en s'é-
criant :

— Nous y sommes! *terræ natali*, la
terre natale!... C'est ici dans cette maison!

— Bien! dit Minaut, respirant à peine;
mais dans quel endroit?

— Oh! attendez... J'ai aperçu là un
commencement de mot...

Et il reprit son occupation, épelant :

— *Cot... cob...*, non, c'est un L...,
col, c'est cela; mais il y a un *B* plus
loin, et ensuite *ari*... Victoire! s'écria-
t-il; oui, c'est bien cela : *columbarium!*

— Qu'est-ce que cela veut dire? demanda Minaut.

— Eh! cela veut dire, mon brave, que
le trésor que vous cherchez est dans
votre colombier.

— J'en sais assez! s'écria Minaut.
Vite, ma pioche!

Et il se dirigea vers la porte.

— Attendez donc, dit M. Pié-Rondal
en le retenant. Le reste de cet écrit, si
je parviens à le déchiffrer, va nous dire
dans quelle partie du colombier...

— Ça m'est égal. Je vous répète que
j'en sais assez. Le colombier! Faut-il
que je sois bête de n'avoir pas deviné
cela! C'est le seul endroit où on n'ait
pas fait de fouilles. Je tiens maintenant
l'argent et, ajouta-t-il en étendant la
main, qu'il y en ait peu ou beaucoup, la
moitié, monsieur, vous appartient.

— Ah! mais non, je ne veux pas.

— Bon! nous verrons cela. En attendant, finissez de débrouiller ce grimoire,
je ne demande pas mieux; mais ce que
vous m'avez dit me suffit. A la besogne!

Il sortit pour aller prendre ses outils dans la cave.

Deux minutes après, il atteignait le colombier et l'attaquait vigoureusement.

IV

M. Pié-Rondal revint vers la table et se remit avec ardeur à étudier le parchemin.

Après trois heures de lavages, de grattages, de tâtonnements et de laborieux efforts, il parvint à déchiffrer une partie de la note écrite par l'abbé Minaut, puis ce travail important terminé, il traduisit cette note comme suit :

« En butte à la persécution, et sur le point de quitter ma chère et malheureuse patrie, je confie l'argent de mon frère et le mien à la terre natale... *co-lombarium* (colombier). . . . .

. . . .

. . . .

« dans l'espoir qu'il sera retrouvé un « jour, avec l'aide du ciel et grâce à cet « écrit tracé dans les larmes, par ceux « des nôtres qui survivront à cette tour- « mente, que Dieu a permise pour nos « péchés, mais qu'il ne voudra sans doute « pas éternelle. »

« A nato J. Ch. Dom. nostro « MDCCLXXXXIII Decemb. XXI a Die.   « J. MINALTUS,

« *Injuratus sacerdos.* »

« L'an de Notre Seigneur 1793, le 21 décembre.

« J. MINAUT,

« *Prêtre insermenté.* »

Ainsi, sauf une légère lacune, M. Pié-Rondal était parvenu à reconstituer la note de l'abbé Minaut. Mais, par une étrange fatalité, cette lacune se produisait dans la partie du texte où, selon toute vraisemblance, était indiqué l'endroit précis qui recélait le trésor. Dieu sait pourtant avec quelle tension de toutes ses facultés il avait scruté ce malheureux passage! Il eut voulu pouvoir dire à Minaut : « Cherchez là, » et, après quelques coups de pioche ou de marteau, voir étinceler les pièces d'or. Hélas! il avait seulement recueilli quelques lettres éparses, qu'aucun sens appréciable ne reliait entre elles, et qu'il ne pouvait même pas certifier absolument exactes.

Aussi, en allant retrouver Minaut, avait-il un air penaud et ennuyé.

Minaut, au contraire joyeux, allègre, avait déjà débarrassé le bas du colombier de divers ustensiles qui l'encombraient, et il s'apprêtait à lever le carelage.

— Un instant ! dit M. Pié-Rondal ; il faut raisonner l'opération et voir sur quel point vous devez de préférence diriger vos recherches.

— Vous avez découvert autre chose sur ce parchemin ?

— Non, malheureusement... tout au plus des semblants d'indications... Au reste, voyez vous-même.

Minaut, après avoir lu, demanda si, à part le mot *columbarium* (*colombier*), qui ressortait nettement, les quelques lettres et syllabes éparses dans le passage tronqué pouvaient signifier quelque chose.

— Eh ! oui, cela peut signifier quelque chose... trop de choses même, car elles semblent se contredire. Ainsi, il est bien évident que l'on a voulu désigner l'endroit du colombier où a été pratiquée la cachette.

— C'est probable.

— Or, la première syllabe que nous rencontrons, c'est *sol*... *sol* ? Qu'est-ce que cela veut dire ?... Non pas, évidemment *sol*, *solis*, le *soleil*, ce qui serait absurde, mais bien *solum*, *soli*, le *sol*, la terre, le carreau sur lequel nous avons les pieds.

— Justement, dit Minaut, je me dispose à le piocher ferme !

— Attendez... Remarquez-vous, plus loin, ces deux lettres *p-r* et ensuite la syllabe *med* ?... *Med*, à n'en pas douter, c'est *medius* ou *media*, « le mi-

9

lieu »; mais le milieu de quoi? Si,
comme on peut le supposer, *p-r* signifie
p(a)r(ies), nous avons *paries medius*
ou *pariete medio*, « le milieu du mur»;
mais quel mur? Ce colombier en a quatre, qui forment un carré parfait.

— On peut, dit Minaut, les examiner
tous les quatre, pour voir si on n'y a
pas pratiqué un trou qu'on aurait rebou-
ché ensuite.

— Bien; mais ce n'est pas tout.
Voyez-vous, un peu plus loin, ces deux
syllabes *fastig*? Or, *fastig*, c'est, à coup
sûr, *fastigium*, ou *fastigio* (peu importe
la désinence). C'est-à-dire le *faîte*, le
comble, le *toit*. Ainsi, voilà qu'on vous
renvoie dans les combles! Cela a l'air
d'un jeu; et, pourtant, l'homme qui
a écrit ceci n'avait pas envie de plaisanter.

— Monsieur Pié-Rondal, dit gravement Minaut, qu'il s'agisse du *toit* ou
des *murs* ou du *sol*, peu importe : je
sais maintenant où chercher, cela me
suffit. Et, soyez tranquille, je vous se-
couerai si bien mon colombier d'un
bout à l'autre, et si dru, qu'il faudra
bien qu'il rende l'argent qu'on lui a
confié... ou le diable m'emportera !

Il fut convenu que M. Pié-Rondal
garderait le parchemin, qu'il l'exami-
nerait, l'étudierait de nouveau, le ferait
voir à ses amis, et que, si quelque in-
terprétation nouvelle, plus positive, se
révélait, il en informerait immédiatement Minaut.

— Bien ! dit celui-ci, allez toujours ;
mais, avec ma pioche, j'arriverai avant
vous.

En sortant du colombier, ils virent

trois ou quatre campagnards, des voisins, qui avaient demandé Minaut, et
qui vaguaient dans la cour en l'attendant, l'un pour lui emprunter un har-
nais, l'autre pour lui dire de replanter
une borne que la charrue avait dé-
chaussée. Autant de faux prétextes.
Tienni avait répandu le bruit qu'on
déterrait des trésors dans la maison de
son père; et ils venaient voir si c'était
bien vrai, souriants en apparence, mais
fâchés et presque haineux au fond :
c'est dur à digérer, le bonheur d'autrui.

Minaut fit signe du coin de l'œil à
M. Pié-Rondal, et, pour dérouter ces
curieux, affecta un air modeste. Aux
allusions trop directes, il répondit
que « c'était son nigaud de Tienni
qui avait répandu ce bruit, mais qu'il
n'y avait rien de positif... seulement

quelques indications, mais il faudrait voir, etc. »

Un quart d'heure après, la trouvaille de Minaut ne se chiffrait pas, dans le village, à moins de cent mille francs.

Ces bruits, en arrivant aux oreilles des Clavé, provoquèrent une nouvelle dispute entre le père et la fille. Celle-ci, heureuse de cette fortune survenue au père de son amoureux, soutenait que cela était bien réel et nullement exagéré ; Clavé, lui, haussait les épaules, et ne voyait là que d'absurdes commérages. M. Pié-Rondal, qui rentrait dans l'auberge sur ces entrefaites, fut invité à donner son avis et dut confesser que Minaut n'avait encore rien découvert.

— Parbleu ! je le savais bien, dit Clavé.

— Permettez! reprit M. Pié-Rondal,
il n'a rien découvert, c'est vrai ; mais
un document important l'a mis sur la
voie, et ce n'est plus qu'une question
de temps.

— Très bien ! Je lui souhaite bonne
chance, dit Clavé ; mais, en fait de trésors et d'argent, moi, je ne connais que
ce qu'on tient dans la main, et qui
sonne.

Et, comme Arsène voulait placer une
observation, il l'interrompit :

— Assez causé. Il se fait tard. En
attendant que ton Minaut soit riche,
sers-nous à dîner.

V

Après le départ de M. Pié-Rondal, Minaut n'eut rien de plus pressé que de reprendre son travail.

Il explora le colombier du haut en bas, scrutant tour à tour le rez-de-chaussée, les plafonds, les murs, et même la charpente. Cela lui prit une quinzaine de jours au bout desquels il se mit à décarreler et à piocher réso-lument le rez-de-chaussée.

Vincent, assez indifférent jusqu'alors à ces recherches, s'y intéressait main-tenant : il sentait qu'elles avaient quel-que chance d'aboutir, et il se disait, non sans vraisemblance, que le sort de ses

amours avec Arsène pouvait bien en
dépendre. Il offrit à plusieurs reprises à
son père de l'aider ; mais celui-ci re-
fusa toujours, objectant qu'il y avait
d'autres travaux dans la maison et que
ce n'était pas trop d'un seul homme
pour y faire face. En réalité, Minaut
s'était seul acharné à la poursuite de
ce trésor, et ne voulait céder à personne,
pas même à son fils, l'honneur de le
trouver.

Cependant Vincent et Arsène conti-
nuaient à se voir en secret et, le plus souvent, il était question entre eux du revi-
rement qu'une découverte importante
devait amener dans les idées de Clavé.
La jeune fille, à cet égard, ne partageait
pas les illusions de son amoureux.

— Ne t'y fie pas, lui disait-elle ; mon
père t'a pris en grippe. Tu auras de

la peine à rentrer en grâce auprès de lui.

— Pourtant, raisonnons, faisait Vincent. Pourquoi me repousse-t-il ? Parce que mes parents sont ruinés... Supposons qu'un heureux hasard rétablisse nos affaires et nous rende plus riches que lui.

— Sans doute, répondait Arsène, cela ne lui serait pas indifférent ; mais, s'il est avare, il lui répugne de le paraître, et il ne voudra pas avoir l'air de céder à des considérations d'argent.

Ces propos donnaient à réfléchir à Vincent. Mais le temps s'écoulait, et il ne paraissait pas que les sentiments de Clavé dussent de sitôt être mis à l'épreuve. On était au commencement d'avril, et Minaut, après avoir fouillé le sol dans l'intérieur du colombier sur une

9.

profondeur de cinquante centimètres, n'avait rien découvert. Il n'était pas découragé pour cela : seulement, il se reprochait de n'être pas descendu assez bas.

— Est-ce que tu vas continuer ? lui demanda Vincent.

— Sans doute. Pourquoi pas ?

— Parce qu'il est malheureusement probable qu'il n'y a rien. Attends, au moins, que tu aies revu M. Pié-Rondal.

— A quoi bon ?

— Peut-être a-t-il fini par déchiffrer le parchemin.

— Non. Il m'aurait écrit ou il serait venu ; il me l'avait promis. Moi, je lui ai prédit que j'arriverais plus tôt au but avec ma pioche que lui avec sa loupe, et je tiendrai parole. J'ai réfléchi et je compte ouvrir une tranchée extérieure du côté de la cour.

— C'est très imprudent, ce que tu veux faire là.

— Plaisantes-tu ?

— Non. Ce mur, déchaussé des deux côtés, peut s'écrouler; il n'est déjà pas très solide.

— Allons donc !

— Je t'en prie, laisse cela. Tu verras qu'il t'arrivera malheur.

— C'est mon affaire; occupe-toi de ce qui te regarde.

C'était une de ces déterminations contre lesquelles il n'y a pas à lutter. Vincent se le tint pour dit. D'ailleurs, des événements imprévus vinrent bientôt détourner son attention du danger auquel son père s'exposait si obstinément.

On se rappelle comment Arsène et lui
parvenaient à se voir à l'insu de tous :
la nuit, Vincent franchissait le mur de
clôture, traversait le jardin de Clavé
et arrivait sous la fenêtre de la jeune
fille, puis il se hissait sur un tronc de
poirier, accoté contre le mur. Clavé,
bien entendu, ne se doutait de rien ;
mais, un matin, il remarqua des em-
preintes de pas dans une planche qu'il
avait ratissée la veille. Cela le surprit : ni sa femme ni sa fille n'étaient
venues dans le jardin, et, d'un autre
côté, il ne voyait rien qui pût tenter des
maraudeurs.

Pour éclaircir ce mystère, il se mit,
la nuit suivante, en embuscade sous
un hangar voisin. Il n'attendit pas
longtemps. Vers dix heures, un bruit
se fit entendre ; puis, un homme, que

l'obscurité ne lui permettait pas de reconnaître, s'avança dans le jardin. Son
premier mouvement fut de tomber sur
lui et de l'assommer; il se contint.
Il vit l'homme se rapprocher de la
maison, et, presque aussitôt, la fenêtre
d'Arsène s'ouvrir.

Alors il comprit : c'était Vincent.

— Ah! gredin! canaille! s'écria-t-il.

Et, en même temps, il s'élança, armé
d'un bâton.

Vincent, effrayé, voulut revenir sur
ses pas. La retraite lui était coupée.
Alors il grimpa sur le tronc du poirier, saisit le rebord de la fenêtre, et,
aidé par Arsène, parvint à se réfugier
dans sa chambre.

— Bon! s'écria Clavé : attends un
peu, nous allons compter ensemble.

Et il entra dans la maison.

Dans l'escalier, il rencontra sa femme qui s'avançait, toute tremblante, une lampe à la main.

— Viens, et éclaire-moi, lui dit-il.

La chambre d'Arsène donnait sur le palier. Il tourna le bouton, mais la porte, fermée à l'intérieur, ne s'ouvrit pas.

— Ah ! c'est comme cela ! cria-t-il... attends !

Et, reculant d'un pas, il s'élança et heurta la porte d'un si rude coup d'é-paule qu'elle craqua sourdement, mais sans se rompre.

Il allait recommencer lorsqu'il entendit tirer le verrou. La porte s'ouvrit.

Arsène était plantée droite devant lui, dans une attitude ferme et résolue. Il l'écarta brusquement, fureta d'un coup d'œil dans la chambre, et, tout à coup,

se dirigeant vers la fenêtre, se pencha
en écoutant : un bruit de pas qui s'é-
loignait l'avertit que Vincent venait de
s'échapper par où il était venu.

— Toi, grommela-t-il, je te retrou-
verai !

Puis, se retournant vers sa fille :

— A nous deux, maintenant. Ainsi,
voilà le métier que tu fais?

— Quel métier?

— Tu as l'effronterie de recevoir des
galants chez toi.

— Je ne reçois pas de galants. C'est
la première fois que Vincent met les
pieds dans cette chambre.

Cela fut articulé si nettement que
Clavé regretta presque son injurieuse
accusation.

— Soit! dit-il, je veux bien te croire;

mais il me semble que je t'avais dé-
fendu de lui parler, de le voir.

— C'est vrai, je t'ai désobéi; mais je
l'aime, et, que tu le veuilles, ou non,
je l'épouserai.

— Malheureuse!

Et Clavé, furieux de se voir braver
ainsi, s'approcha de sa fille avec un
geste menaçant.

— Tu peux me tuer, mais je ne cé-
derai pas, dit Arsène, sans reculer d'un
pas.

Ce fut Clavé qui s'arrêta. « Quelle
tête! criait-il, quelle tête! » Et, intérieu-
rement, il ne pouvait s'empêcher d'ad-
mirer celle qui lui résistait ainsi en se
disant avec un mélange d'amertume et
d'orgueil : « Elle tient de moi! »

A la fin, craignant de se laisser emporter trop loin et ne sachant d'ailleurs

quelle résolution prendre, il quitta la place et remit au lendemain la conclusion de l'affaire.

— Bien! c'est très bien! dit-il; en voilà assez pour ce soir. Demain matin, nous reparlerons de cela. Couche-toi, et tâche, avant de t'endormir, de faire quelques réflexions. Viens, dit-il à sa femme.

Celle-ci, avant de sortir, dit à sa fille d'un ton de supplication et de caresse :

— Ma chère petite, soumets-toi, je t'en conjure.

Arsène embrassa tendrement sa mère, mais sans que son attitude indiquât qu'elle fût disposée à céder.

Clavé, rentré chez lui, se mit à se promener dans sa chambre, en réfléchissant aux moyens d'amener Arsène à composition, et, en tout cas, d'empêcher ces scandaleux rendez-vous qu'il venait de surprendre. Il imagina tour à tour de murer les fenêtres, de tenir sa fille sous clé, de poser des pièges à loup dans le jardin, de chercher querelle à Vincent et de le malmener au point qu'il n'osât plus s'aventurer hors de chez lui. Tout cela était bien excessif, peu pratique. Alors il se demanda si la loi ne lui offrait pas quelque secours.

Il avait sur la cheminée un gros volume intitulé : *les cinq Codes du royaume, précédés de la Charte cons-titutionnelle*, qu'il consultait dans les cas embarassants et même en amateur, car il avait des instincts de chicane et de procédure. Il le prit et se mit à le feuilleter. A force de chercher, il finit par tomber sur un certain article 377, d'où il lui parut résulter qu'il pouvait, avec l'agrément du président du tribunal et sur l'avis du procureur de la République, faire enfermer sa fille pendant six mois.

— Voilà mon affaire! pensa-t-il.

Et, après avoir marqué la page, il s'alla coucher.

Le lendemain, il s'habilla vivement et, armé de son Code, il se dirigea vers la chambre de sa fille.

Il ouvrit la porte, non sans une certaine émotion ; mais il s'arrêta stupéfait : le lit n'était pas défait et la chambre était vide.

VI

Voici ce qui s'était passé :
Après le départ de son père, Arsène,

brisée par cette lutte qu'elle venait de
soutenir contre lui, s'était laissée tomber sur une chaise, en songeant avec
effroi aux suites fatales de cette aventure. Il était évident pour elle que son
père ne se laisserait pas fléchir, qu'au
contraire son aversion pour Vincent allait redoubler et qu'il trouverait le moyen
d'empêcher leurs rendez-vous : dès lors,
elle se voyait en butte à un espionnage
incessant, à des reproches, à des bru-
talités même, car Clavé, dans ses moments de colère, ne se contenait plus.

Elle était absorbée dans ces tristes
réflexions, lorsque son nom, prononcé
à voix basse, la fit tressaillir. Elle leva
les yeux, et, malgré l'obscurité, distin-
gua la figure de Vincent au-dessus du
rebord de la fenêtre; elle courut à lui.

— Comment! c'est toi? lui dit-elle.

Tu ne crains pas que mon père te sur-
prenne?

— Non... parle plus bas... Il vient
d'éteindre sa lampe et de se mettre au
lit.

— Tu en es sûr ?

— Oui, j'ai appliqué à sa fenêtre cette
échelle que j'ai trouvée sous le hangar.

— Prends garde! c'est peut-être une
ruse de sa part.

— Non. Il ne suppose pas, après ce
qui s'est passé, que j'ai l'audace de revenir.

— C'est vrai ! Comment as-tu osé ?

— Je n'avais pas quitté le jardin. J'é-
tais là, pendant cette scène, prêt à
m'élancer s'il te maltraitait par trop.

— Merci ! lui dit-elle en lui serrant la
main. Malheureusement, ce n'est pas
fini : demain il recommencera, et tou-

jours. Nous ne pourrons plus nous voir.

— Arsène, es-tu décidée à tout pour échapper à cette persécution ?

— Oui.

— Eh bien ! quittons le pays, cette nuit même, et fuyons ensemble.

— J'y avais pensé ; mais as-tu réfléchi aux conséquences ?

— Oui. On glosera ; tu seras compromise, perdue de réputation, soit ! Qu'est-ce que cela te fait, si tu as confiance en moi et si tu m'aimes ?

— Il ne s'agit pas de moi. Le pis qui puisse m'arriver, c'est que mon père me fasse rechercher, me retrouve et me ramène de force chez lui... Je n'y resterai pas longtemps : où que tu sois, je saurai bien te rejoindre. Mais toi, sais-tu à quoi tu t'exposes ?

— A quoi donc ?

— Je suis sous l'autorité de mon père, il portera plainte contre toi pour détournement de mineure... C'est puni, à ce qu'il paraît, ces choses-là. Et n'attends pas de grâce de lui; il sera sans pitié.

Vincent garda un moment le silence; bientôt il reprit :

— Ah çà ! Est-ce que tu n'es pas libre ? Est-ce que je te fais violence?... Il me plaît de quitter Morelles et d'aller m'établir ailleurs ; il me semble que j'en ai bien le droit. Toi, la fantaisie te prend de me suivre, de venir me rejoindre. Qu'est-ce qu'on veut que j'y fasse? Est-ce que je puis t'en empêcher ?

— C'est vrai, dit naïvement Arsène.

— Voilà Marcel Beau et Fanny Crosle, sa promise, qui vont ensemble à Paris travailler aux jardins. Elle est mineure

comme toi, et ils ne seront mariés que
l'hiver prochain. Cependant on ne leur
dit rien, on trouve cela tout naturel.
Justement, ils doivent partir cette nuit
avec les Roublan, Gagny et sa femme,
les deux Pernet, et d'autres encore.
C'est le père Vallot qui les mène au
chemin de fer sur sa charrette. S'il
nous plaisait de nous joindre à eux et
s'ils voulaient bien de notre compagnie,
où serait le mal ? Qui pourrait dire
que c'est moi qui t'enlève, plutôt que
Roublan ou Pernet ou même que le père
Vallot ?

Arsène fut tout à fait convaincue par
ce raisonnement.

— En effet, dit-elle ; et pourquoi
n'irions-nous pas avec eux ?

— J'allais te le proposer. Ils partent
à deux heures.

— Vite !... le temps de prendre quelques hardes et de faire un paquet.

Dix minutes après, ils étaient dans la rue, pressant le pas, émus et un peu inquiets, mais fiers aussi de cette équipée qui les liait irrévocablement l'un à l'autre.

Vincent quitta un moment Arsène pour entrer chez lui prendre aussi quelques effets et ce qu'il avait d'argent, c'est-à-dire une centaine de francs. Il ne voulut pas se séparer de ses parents sans les informer, non de vive voix, ce qui eût amené des observations, une scène, mais par un mot qu'il écrivit à la hâte et qu'il essaya, en passant dans la chambre de sa mère, de glisser sous son oreiller sans qu'elle s'en aperçût. Malgré ces précautions la bonne femme se réveilla.

10

— C'est toi, Vincent, dit-elle ; tu rentres bien tard.

— Oui, mère, mais je vais me coucher, allons, rendors-toi.

Il l'embrassa tendrement sur le front, en même temps qu'il pressait la main de son père endormi.

Lorsqu'il eut rejoint Arsène, il se hâta de l'emmener chez le père Vallot, où tout devait être prêt pour le départ. En effet, la charrette était attelée dans la cour, et la plupart des voyageurs arrivés.

Chacun s'étonna de les voir ; puis, ce fut une joyeuse acclamation, lorsque Vincent eut annoncé qu'ils partaient, eux aussi, pour Paris, et qu'ils allaient travailler aux jardins. Tout le monde connaissait les amours contrariées des deux jeunes gens et, par conséquent, la cause réelle de leur voyage.

— Bravo ! Arsène ! Bravo Vincent !
s'écria l'un des Pernet ; enfoncé, le vieux
Clavé !

Clavé n'était pas aimé dans le village,
aussi jusqu'à la gare du chemin de fer,
y eut-il un concert de rires et de plai-
santeries sur la piteuse mine qu'il ferait
dans quelques heures, en trouvant sa
fille envolée.

Ce qu'il éprouva surtout, le matin, à
l'aspect de cette chambre déserte, ce fut
une violente colère. Il éclata en impré-
cations contre Arsène ; car, il ne pouvait douter de sa fuite : l'échelle encore
dressée sous la fenêtre et la porte du
jardin ouverte étaient là pour l'attester.

Lorsque la colère lui permit de réfléchir il se dit : « elle s'est réfugiée chez
ces Minaut. Ils sont tous d'accord. Ils
veulent la compromettre pour que je ne

puisse plus la leur refuser. Qu'ils y
comptent! L'essentiel est de la tirer de
là, sans esclandre et avant que la chose
s'ébruite. Comment faire ? »

Son plan fut bientôt arrêté : se pré-
senter chez Minaut, affecter de prendre
l'affaire en riant, rassurer Arsène, l'emmener, et, quand il la tiendrait sous sa
main, sévir impitoyablement.

Il trouva Minaut déjà levé et occupé
à sa tâche ordinaire.

— Eh bien, lui dit-il, cela marche-
t-il? Trouves-tu des trésors?

Minaut fronça le sourcil. Il n'aimait
pas Clavé, qui le traitait de visionnaire,
et qui, de plus, dédaignait son fils. Au
lieu de répondre à la question :

— Qu'est-ce qui t'amène ? demanda-
t-il.

— Pardieu ! tu t'en doutes bien, c'est

ton fils Vincent. Il en fait de belles!
J'entends la plaisanterie comme un
autre, mais celle-ci est un peu forte.

— Quelle plaisanterie? Qu'est-ce que
tu as à me dire de Vincent?

— Voyons! Ne fais pas l'ignorant.
Arsène est ici, dans ta maison.

— Arsène, ta fille?

— Oui, je l'ai grondée un peu verte-
ment hier; elle a cru me faire une bonne
farce en se réfugiant ici, d'accord avec
Vincent. C'est très bien; mais il n'est
pas convenable que cela se prolonge.

— Je ne sais pas ce que tu veux dire.

— Ah! tu ne sais pas... Où est ton
fils en ce moment?

— Dans son lit, je pense : il est rentré tard.

— Me permets-tu d'aller lui dire deux
mots?

10.

— Quatre, si ça te fait plaisir... En voilà une histoire !

Et il reprit tranquillement sa pioche.

Clavé entra dans la maison. Il fit les mêmes questions à Mme Minaut, et celle-ci, qui n'avait pas encore découvert le billet de Vincent, répondit à peu près comme son mari.

On se rendit à la chambre de Vincent, et Mme Minaut fut tout aussi surprise que Clavé de ne l'y pas trouver. Mais celui-ci, persuadé qu'un complot général était monté contre lui, cessa de se contenir.

— Ah ! c'est comme cela ! s'écria-t-il. On croit gagner la fille en se moquant du père... Que non pas ! mes petits amis. Je vous ferai rire d'une autre façon, moi. Je vous apprendrai ce qu'il en coûte pour détourner une fille mineure de chez ses parents.

Minaut, aux éclats de sa voix, s'était rapproché. Il lui dit froidement :

— Clavé, tu fais beaucoup trop de bruit ; je t'engage à nous laisser tranquilles.

— Soit ! C'est à la justice que vous aurez à répondre : je vais porter plainte.

— Va porter plainte ; et dépêche-toi, je t'en prie... Il n'est pas trop tôt !

Minaut était pâle de colère. Clavé, qui ne voulait pas engager de lutte avec lui, battit en retraite et sortit de la maison, en grommelant des menaces.

Dans la rue, il rencontra le père Vallot, qui revenait du chemin de fer avec sa charrette, et qui l'accosta d'un air goguenard :

— Ah ça, Clavé, tu n'as donc pas

d'ouvrage à donner chez toi à ta fille,
que tu l'envoies travailler aux jardins,
à Paris ?

Il tressaillit : c'était une révélation !...
Mais le ton de Vallot le froissa.

— Eh bien ! fit-il, quand je l'y aurais
envoyée, où serait le mal ? Et qu'est-ce
que cela peut te faire ?

— Oh ! rien du tout ; seulement, j'ad-
mire la précaution que tu as eue de lui
adjoindre Vincent. Tu es sûr, au moins,
que si elle tombe malade, elle sera
soignée.

Clavé, incapable de supporter de
sang-froid ces railleries, s'éloigna en
serrant les poings. Du reste, il n'avait
pas besoin d'en savoir davantage :
c'était un enlèvement, et les deux fugi-
tifs allaient à Paris.

Il rentra chez lui en murmurant :

— Bien ! Courez, mes petits amis, et moquez-vous de moi. Je saurai vous rattraper, et rira bien qui rira le dernier.

VII

Sur le seuil de sa maison, il aperçut sa femme. Après avoir constaté l'absence d'Arsène et la sortie matinale de son mari, elle attendait, tremblante d'inquiétude.

Peut-être aurait-il passé à côté d'elle sans lui rien dire ; mais elle eut l'imprudence de lui adresser une timide question, et, comme il fallait que sa colère s'épanchât sur quelqu'un, il la fit retomber sur elle.

— Ce qu'elle a fait, ta fille ? s'écria-
t-il. Je te conseille de parler d'elle et
d'en être fière ! Ce n'était pas assez de
recevoir son galant, il a fallu qu'elle
se sauvât avec lui cette nuit : ils sont
en route pour Paris. Cours après !
Voilà ce qu'elle a fait, ta fille !

Il continua, et ces mots, ta fille, revenaient à chaque instant, prononcés
avec dédain. C'était, du reste, une
manie : quand parfois il vantait les
qualités d'Arsène, il avait plein la bouche de : « ma fille »; dans le cas contraire, ce n'était plus que la fille de
Mme Clavé.

Il reprocha durement à la pauvre
femme d'avoir transmis à Arsène de
mauvais instincts, de l'avoir gâtée par
sa faiblesse, d'avoir encouragé son
amour pour Minaut : probablement elle

avait connaissance de ces rendez-vous,
et elle les favorisait... c'était indigne !
Peut-être même, était-elle complice de
cet enlèvement !... Elle se garda bien de
protester contre ces accusations, de peur
de l'irriter davantage ; elle se contenta
de pleurer et de gémir.

— Oui, pleure maintenant, dit-il; cela
remédie à tout!... Moi, je vais tâcher
du moins qu'on ne se soit pas moqué
de moi impunément.

Il s'enferma un instant dans sa chambre, consulta son vieux code, et dé-
couvrit cette fois que les enlèvements
de mineurs étaient assez rigoureuse-
ment punis. « J'espère bien, pensa-t-
il, que Vincent attrapera le maximum
de la peine. Allons faire notre décla-
ration à la mairie. »

Le maire, un honnête cultivateur

nommé Sacaud, était un de ses proches voisins. Il le trouva dans sa cour occupé à atteler ses chevaux à une herse et prêt à partir pour les champs.

— Je suis fâché de te déranger, lui dit-il; mais j'ai besoin de toi pour un instant.

— Oui, fit Sacaud en souriant, je me doute de quoi il s'agit.

— Ah! tu as appris... C'est joli, hein?

— Peuh! ça devait finir par là. Tu viens pour les publications, pour les bans, si tu aimes mieux... car ta fille ne peut plus épouser que Vincent.

— Te moques-tu de moi? Tu sais que je n'ai jamais voulu entendre parler de ce mariage.

— Oui, mais après ce qui vient de se passer...

— Raison de plus pour que je m'y
oppose. Par exemple! Si tu crois qu'on
vient à bout de moi par des procédés
de ce genre... Allons! entrons chez toi.

— Pour quoi faire?

— Pour recevoir ma plainte.

— Tu veux porter plainte?

— Sans doute. Vincent ne s'en tirera
pas à aussi bon compte qu'il se l'ima-
gine. Eh bien! viens-tu?

— Voyons! Clavé, réfléchis un peu.

— Il n'est pas besoin de réflexion.
Veux-tu recevoir ma plainte, oui ou
non? Si tu ne te sens pas assez fort
pour la rédiger, nous allons appeler
l'instituteur.

— Laissons l'instituteur en repos, fit
Sacaud un peu piqué. J'écrirai très
bien ta plainte moi-même, si je juge à
propos de l'accueillir.

11

— Comment, l'accueillir? C'est ton devoir.

— C'est possible; mais il est de mon devoir aussi de te faire quelques observations. Voyons! Clavé, parlons sans nous fâcher. Tu t'es buté contre ce mariage; as-tu raison? Les deux jeunes gens se sont pris d'amitié, et la preuve en est belle aujourd'hui... En somme, que peux-tu reprocher à Vincent? Bon caractère, rangé, travailleur... Je te défie de trouver mieux dans le pays. Oh! je sais bien, Minaut n'a pas fait de brillantes affaires dans son commerce, il a même quelques dettes; mais ...

— Je ferais bien de donner ma fille à Vincent, n'est-ce pas?

— Dame! c'est mon avis.

— Eh bien! garde-le. Au revoir.

— Où vas-tu?

— Je vais chercher autre part quelqu'un qui m'écoutera et qui ne se jouera
pas de la douleur d'un père offensé !

Il sortit majestueusement de la cour,
rentra chez lui, attela son cheval à sa
carriole et partit pour la ville, décidé à
porter plainte au parquet.

Mais, en arrivant, il jugea convenable
de faire visite tout d'abord à M. Pié-
Rondal, et de lui demander conseil.

M. Pié-Rondal, en le voyant, se rappela le problème qu'il n'avait pu résou-
dre à Morelles, et s'informa si Minaut,
dans ses fouilles, avait découvert quelque chose.

— Ah oui ! ce fameux trésor, fit Clavé
avec un sourire sarcastique et dédai-
gneux ; en voilà une plaisanterie !

— Non, cela paraissait sérieux, je
vous assure.

— Eh bien ! on ne s'en douterait guère, à voir le résultat : Minaul aurait mieux fait de piocher ses vignes que sa cour. Mais ce n'est pas de cela qu'il s'agit.

— Ah !... Et de quoi donc ?

Clavé raconta sa mésaventure, et termina en demandant ce qu'il convenait de faire.

— C'est bien simple, mon brave, dit M. Pié-Rondal. Quand deux jeunes gens s'aiment et qu'ils ont commis une escapade de ce genre, il ne reste plus qu'à prévenir le maire et le curé et à régulariser leur situation par un bon mariage.

Clavé fut presque scandalisé de cette réponse.

— Comment ! Et vous aussi, s'écria-t-il, voilà le conseil que vous me donnez !

— Sans doute. Tout homme sensé et impartial ne vous en donnera pas d'autre.

— Quoi ! s'écria Clavé, j'accepterais pour gendre un drôle qui me brave et se moque de moi, le fils d'un fou aux trois quarts ruiné, qui passe son temps à chercher des trésors au lieu de travailler utilement... Mais on me montrerait au doigt dans le pays, et on aurait raison.

— Non. On dirait que vous êtes un bon père, qui a oublié son ressentiment pour ne songer qu'au bonheur de son enfant... Cela ne vous convient pas; soit ! vous êtes libre. Alors que comptez-vous faire ?

Clavé expliqua ses intentions, telles qu'on les connaît : porter plainte, faire arrêter et condamner Vincent. Quant à sa fille, la faire revenir de force et obtenir contre elle une séquestration de quelques mois, à titre de correction paternelle.

— Voilà bien de l'ouvrage, mon brave Clavé, fit M. Pié-Rondal. Je doute que vous en veniez à bout.

— Comment! La loi est pour moi, je la connais.

— Vincent Minaut trouvera des gens qui la connaissent encore mieux que vous et qui sauront le défendre... Quant à votre fille, que vous voulez faire ramener chez vous entre deux gendarmes, pourquoi n'allez-vous pas la chercher vous-même, là où vous savez qu'elle est? La police doit-elle avoir plus de souci que vous-même de vos plus chers intérêts? Pourquoi n'êtes-vous pas déjà parti pour Paris?

— Ah! pour cela, non! dit Clavé. Arsène s'est enfuie sans mon congé, elle peut bien revenir de même. Ce n'est pas à moi de faire la première démarche. Non, non! jamais je ne m'abaisserai jusque-là... Et puis, tenez! c'est trop fort, à la fin! Tout le monde se met contre moi, c'est moi qui ai tort, à ce qu'il paraît!... Eh bien, soit! que le crime de Vincent reste impuni, j'y consens; que ma fille ne rentre jamais dans ma maison, puisqu'elle l'a désertée... Mais qu'elle ne vienne jamais me demander un morceau de pain, elle ne l'aurait pas! Je ne la connais plus, je la renie!

M. Pié-Rondal s'efforça vainement de le calmer. Il ne voulut rien entendre, et il sortit du cabinet de l'avocat, en répétant avec un accent tragique :

— Je suis seul désormais, je n'ai plus d'enfant !

VIII

M. Pié-Rondal n'attacha pas à ces paroles plus d'importance qu'elles n'en méritaient. Ce qui l'affecta davantage, ce fut l'insuccès des fouilles de Minaut. Quel malheur de n'avoir pu déchiffrer entièrement ce maudit parchemin ! Quatre mois auparavant, à son retour de Morelles, il l'avait communiqué à deux de ses amis et, quoi qu'ils eussent fait tous trois, « à grand renfort de bésicles », comme dit Rabelais, ils n'avaient pu reconstituer le texte effacé. Cette fois

encore, après le départ de Clavé, il prit
dans son tiroir le manuscrit et l'examina
de nouveau ; mais il dut bientôt s'avouer
son impuissance.

— Et pourtant, se dit-il, il y a là une
indication. Comment se fait-il que Minaut, qui a dû explorer son colombier,
n'ait rien trouvé? Faut-il supposer que
l'argent caché ait été découvert et enlevé
par un étranger, par un domestique?

Il s'arrêta à cette supposition et son-
gea qu'il serait charitable d'arracher
Minaut à son ingrate tâche ; mais il se
dit, en même temps, que ces sortes de
manies résistent aux meilleures raisons
et sont incurables. Il rejeta le parchemin au fond de son bureau, bien résolu
désormais à ne plus s'occuper de cette
affaire.

Vers le milieu de juin, il reçut la vi-

11.

site de M. Prévotin, un archéologue
comme lui, mais d'un ordre un peu
plus élevé. M. Prévotin habitait Paris ;
il était en relations avec plusieurs
membres de l'Institut, section des ins-
criptions et belles-lettres, membre d'une
foule de sociétés savantes ; il avait écrit
plusieurs ouvrages. Bref, M. Pié-Rondal reconnaissait si bien sa supériorité
qu'il ne l'appelait que rarement « mon
cher ami », mais presque toujours :
« mon cher maître », avec un mélange
de familiarité et de respect.

Dans ses excursions scientifiques en
province, il fallait que le détour fût bien
grand pour que M. Prévotin n'allât pas
voir son confrère, qui avait toujours une
communication plus ou moins intéres-
sante à lui faire. Cette fois, il fut longuement question entre eux d'une dou-

zaine de sous rongés de vert-de-gris que
M. Pié-Rondal faisait remonter à l'époque carlovingienne, tandis que son
« cher maître » n'y voyait que de la
monnaie du temps de Henri II.

Un matin qu'ils venaient de se dispu-
ter sur ce sujet, M. Pié-Rondal, obligé,
comme toujours, de battre en retraite
devant les arguments de son antago-
niste, déplia le journal de la localité, et
y jeta distraitement les yeux.

Tout à coup, il poussa une exclamation de douloureuse surprise.

— Qu'est-ce donc? demanda M. Prévotin.

— Oh! ce pauvre Minaut, quel malheur !... Tenez! mon cher maître, lisez-
moi cela.

M. Prévotin prit le journal et lut:

« On nous écrit de Morelles :

« Un bien déplorable événement vient
de plonger dans la désolation une des
familles les plus estimées de notre com-
mune. M. Félix Minaut, cultivateur à
Morelles, arrière-neveu de l'abbé Minaut, ancien vicaire de Saint-Eusèbe
d'Auxerre, convaincu par des traditions
de famille qu'une somme d'argent importante avait été enfouie dans sa maison par son grand-oncle, à l'époque de
la première Révolution, résolut de découvrir ce trésor. Déjà il avait commencé des recherches dans diverses
parties des bâtiments, lorsque, à la fin
de janvier dernier, le colombier situé
dans le coin de la cour, à gauche, lui
fut spécialement recommandé, d'après
un document d'une valeur incontestable,
par M. P.-R., un de nos savants archéologues. »

M. Prévotin s'interrompit pour jeter un regard interrogateur sur son ami.

— Mon Dieu ! oui, dit celui-ci, je vous demande pardon, c'est moi ; mais continuez, je vous prie.

M. Prévotin reprit :

« Minaut, plein de confiance, dirigea ses investigations sur ce point. Il sonda les murs du colombier ; puis, n'y ayant rien découvert, il se mit à fouiller le sol en tous sens, profondément. Ces excavations rendirent bientôt l'écroulement des murs imminent. Plusieurs fois, les voisins de Minaut, qui s'intéressaient à son travail, l'avaient averti de prendre garde, qu'il lui arriverait malheur ; mais il ne tenait aucun compte de leurs observations. Enfin, samedi dernier, la catastrophe redoutée se produisit. Vers neuf heures du matin,

un bruit sinistre se fait entendre;
Mme Minaut sort précipitamment de la
maison... Qu'on juge de sa terreur ! Un
des murs du colombier vient de s'écrouler, et elle n'aperçoit plus son mari !
Elle crie, elle appelle au secours; on
arrive de toutes parts, on déblaie à la
hâte ; enfin, après deux heures de travail, le corps de Minaut apparaît, mais
horriblement broyé !... Ce n'est plus
qu'un cadavre !

« Nous renonçons à peindre le désespoir de la veuve et du jeune fils de
la victime : son fils aîné, absent de la
maison depuis deux mois, ne sait peut-
être pas encore la fatale nouvelle. Les
obsèques ont eu lieu avant-hier; toute
la population de Morelles y assistait,
témoignant par son recueillement de sa
douloureuse sympathie. »

— Et moi aussi, mon cher maître, dit M. Pié-Rondal, cela m'a porté un coup; car enfin, c'est moi qui ai indiqué à Minaut ce colombier.

— Ce n'est pas votre faute s'il n'a pas pris les précautions nécessaires.

— Sans doute... pourtant, si je me suis trompé... Mais non! reprit-il vivement, il n'y a pas de doute possible; j'ai bien lu *columbarium*... Au reste, voyez vous-même.

Il courut à son bureau et en tira la note de l'abbé Minaut.

— Qu'est-ce que c'est que ce parchemin? demanda M. Prévolin.

— Ah! c'est vrai, je ne vous ai pas dit... Eh bien! mon cher maître, voici.

Et il raconta son voyage à Morelles, sa visite chez les Minaut, ses recherches infructueuses dans le grand bahut, puis la découverte inopinée de ce parchemin adapté, en guise de couverture, à l'un des livres du jeune Tienni...

— Je ne vois là qu'un vieux contrat, un bail à rente, dit M. Prévotin.

— Oui, mais tournez la page... voyez au dos, là... cette note en latin.

— Ah! ah! en effet, c'est du latin... pas de Cicéron cependant.

— Peu importe, pourvu qu'il se laisse comprendre. Il s'agit bien, comme vous voyez, d'une somme cachée, enfouie.

— Oui... *Nummos terræ natali credo.*

— Bon! et après?

— Après?... *ut... col... bar... bari...* Oui, il y a, comme vous dites *columbarium...* ou *columbario... colombier*, c'est certain.

— J'ai donc eu raison de dire que la cachette était dans le colombier.

— Cela dépend; il faudrait, avant tout, compléter la phrase.

— Sans doute, et je n'aurais pas demandé mieux; mais essayez à votre tour, mon cher maître.

— Il est certain que cela n'est pas facile. Cependant, avec de la patience, en tâtonnant.

— Bien. Tenez! voici les quelques lettres que je suis parvenu à extraire de ce passage, dit M. Pié-Rondal en montrant un bout de papier fiché au parchemin avec une épingle. Trouvez un sens à cela, si vous pouvez.

— Il n'en coûte rien d'essayer.

La curiosité de M. Prévotin était fortement excitée. Il voulait pénétrer cette énigme, dont la recherche venait de coûter la vie à un homme.

— Laissez-moi cette note, dit-il. Je vais l'étudier, seul, à tête reposée.

Il se retira dans sa chambre, où tout d'abord, il appliqua sur le parchemin divers réactifs qu'il avait toujours dans sa malle. Mais rien ne se dégagea : les lettres qui manquaient avaient été emportées par l'usure du parchemin. Réduit à se contenter de l'extrait informe remis par son hôte, il l'examina attentivement, mesura les intervalles qui séparaient les lettres ; puis, il imagina mille combinaisons pour remplir ces intervalles, de façon à former des mots, une phrase, un sens.

Au bout de deux heures, M. Pié-Rondal vint entr'ouvrir curieusement sa porte, en demandant : Eh bien ?

— Ah ! pour Dieu, laissez-moi !... s'écria le savant impatienté.

M. Pié-Rondal ne s'y frotta plus. Il
connaissait la ténacité de *son cher maître*, et savait qu'il serait inabordable
tant qu'il n'aurait pas résolu le problème d'un façon quelconque.

Le soir, on eut mille peines à le faire
descendre pour dîner. Il mangeait ma-
chinalement; pas un mot. Tout à coup
il tressaillit, et regardant fixement son
ami :

— Ah çà, est-ce qu'il n'y avait pas
un pigeon de faïence sur ce colombier?
demanda-t-il.

— Oui... du moins, je crois avoir
remarqué...

— Eh ! c'est cela ! Nous y voilà. Bravo !

Il se leva, jeta sa serviette, et remonta
précipitamment dans sa chambre.

M. Pié-Rondal resta, la bouche béante,
en se demandant : Que diantre veut-

il faire avec son pigeon de faïence?

A dix heures, au moment de se coucher, il regarda du dehors la fenêtre du « cher maître »; elle était éclairée.

— Ah! ah! fit-il avec une secrète satisfaction, il paraît que cela ne marche pas tout seul... lui non plus... Moi, je vais dormir bien tranquillement.

Il se trompait. Vers quatre heures, il fut éveillé en sursaut par des coups redoublés frappés contre sa porte.

— Qui va là?

— Moi, Prévotin, vite, levez-vous; nous partons.

— Nous partons... Pour où?

— Pour ce village... Morelles. Il faut vérifier.

— Ah!... Vous avez trouvé une explication?

— Oui, et que je crois bonne.

— Laquelle?

— Vous verrez. Seulement il est fâcheux pour ce pauvre Minaut que je n'ai pas eu ce parchemin huit jours plus tôt.

M. Pié-Rondal eut beau questionner, il ne voulut rien dire de plus.

— Je vous expliquerai cela là-bas; sur le terrain, répétait-il. Ce sera vite fait. Mais, je vous en prie, dépêchons-nous. Il faut que nous soyons là-bas avant midi.

— Ah!... pourquoi avant midi?

— Eh! vous le verrez.

Pendant que la gouvernante allait chercher une voiture, ils mangèrent un morceau à la hâte. A cinq heures et demie, ils se mettaient en route.

IX

Le temps était magnifique, mais la chaleur accablante, et un orage était à craindre dans la journée. M. Prévotin avait hâte d'arriver. Du reste, malgré les questions de son compagnon, il refusait de s'expliquer, soit qu'il ne fût pas parfaitement sûr de son fait, soit plutôt qu'il méditât une sorte de coup de théâtre sur les lieux mêmes.

Vers dix heures et demie, ils arrivèrent au haut de la colline qui domine Morelles. Le chemin étant escarpé et coupé de ravines, ils descendirent de voiture. Près d'une vigne aboutissant

au chemin, une femme et un jeune
garçon qui piochaient s'interrompirent
de leur travail pour les saluer. M. Pié-
Rondal reconnut la veuve Minaut et
son jeune fils Tienni.

La femme était en chemise avec un
jupon court, pieds nus, les cheveux en
désordre, la peau hâlée et comme re-
cuite; lui, le petit, une loque de pan-
talon, et le buste nu et noir comme le
dos d'un lézard. Et ces deux créatures
se livraient, sous un soleil implacable,
à ce rude travail du *sombrage* qui brise
les hommes les plus robustes.

— Comment! C'est vous? fit M. Pié-
Rondal, ému de pitié. Vous ne craignez
pas de vous tuer, vous et votre enfant?

— Que voulez-vous, monsieur? il
faut bien. L'ouvrage commande. Il n'y a
plus que Tienni et moi à la maison.

— Oui, je sais, votre fils aîné Vincent... et nous avons appris aussi le
malheur qui vous est arrivé.

La pauvre femme soupira et baissa
les yeux.

— C'est même, continua M. Pié-
Rondal, cette triste nouvelle, que nous
avons lue hier dans le journal, qui est
la cause de notre voyage ; nous allions
chez vous. Mon ami, M. Prévotin, désire
vous faire une communication.

Mme Minaut jeta sur les deux hommes
un regard timide et presque effrayé.

— Vous voulez encore me parler de
cet argent caché? dit-elle. Oh ! non, je
vous en prie, qu'il n'en soit plus question ; cela nous a déjà fait assez de mal.

M. Prévotin intervint.

— Je conçois, dit-il, qu'après ce qui
vient de se passer, vous ne vous souciez

guère de nouvelles recherches ; mais, rassurez-vous, celles que j'ai à vous proposer seront sans danger… en plein air, au milieu de votre cour.

M. Pié-Rondal, étonné, regarda son ami.

— Oui, insista celui-ci, au milieu de la cour, car le colombier est au midi… Comprenez-vous maintenant?… Non? pas encore? Eh bien ! venez… Quant à vous, ma brave dame, je ne sais pas ce que peut valoir ce trésor, mais les coups de pioche que vous donnerez là-bas, seront au moins aussi productifs que ceux que vous donnez ici.

Mme Minaut se décida. Elle noua, autour de son cou, un mauvais fichu noir qui lui tenait lieu de deuil, mit ses sabots et, suivie de son fils, accompagna la voiture.

12

Chemin faisant, elle raconta, en dé-
tail la catastrophe ; et, comme M. Pié-
Rondal s'étonnait qu'elle eût pu déjà se
remettre au travail :

— C'est que, dit-elle, nous n'avons
pas, nous autres, le moyen de nourrir
notre chagrin à ne rien faire.

Puis, elle s'inquiéta si son fils aîné
Vincent avait reçu sa lettre, s'il n'était
pas malade. Elle l'attendait impatiemment; il aurait dû être arrivé.

M. Pié-Rondal tâcha de la rassurer.
Il s'étonnait que l'absence de Vincent
se fût prolongée jusque là.

— Je croyais tout cela terminé,
dit-il. Arsène rentrée chez son père et
le mariage résolu, sinon déjà fait.

— Ah bien oui! mon cher monsieur,
vous ne connaissez pas Clavé : il a juré
de ne pas céder, et il ne cédera pas,

soyez-en certain. Le jour qu'il est allé
vous consulter, il est revenu de la ville
comme un furieux : sa femme, qui voulait lui faire quelques observations, a
été mal reçue; on dit même qu'il l'a
frappée. Sacaud et d'autres habitants
ont essayé, depuis, de lui faire entendre
raison ; il leur a répondu par des injures.
Quant à nous, il nous en voulait mortel-
lement ; Dieu sait ce qu'il a dit de nous !
Et des menaces ! Qu'il allait nous faire
un procès qui achèverait de nous rui-
ner... Quand le malheur est arrivé à
mon pauvre homme, on m'a rapporté
qu'il avait paru tout joyeux.

— Oh! c'est indigne !

— En tous cas, il est peut-être le
seul, dans Morelles, qui n'ait pas assisté
à l'enterrement. Et, pourquoi cette haine,
je vous le demande? Bien loin de pous-

ser Vincent à rechercher Arsène, nous tâchions de l'en détourner, sachant que cela n'aboutirait à rien de bon. On doit pourtant bien penser qu'il ne nous a pas consultés pour cet enlèvement. Nous lui avons même écrit pour le blâmer ; mais quoi ! le mal était fait. Et, aujourd'hui, il faut bien qu'ils restent tous deux où ils sont, puisque Clavé ne veut entendre à rien.

— Soyez tranquille, dit M. Pié-Rondal, si ce que nous venons tenter chez vous réussit, la situation ne tardera pas à changer : ce ne serait pas la première fois que l'argent arrangerait les choses.

— Ah ! mon cher monsieur, Dieu vous entende ! Mais le malheur me poursuit si fort que je n'ose pas espérer.

Tout en devisant ainsi, ils étaient arrivés à Morelles.

Les débris du mur qui avait écrasé Minaut jonchaient encore le sol. Cependant, malgré l'écroulement d'un de ses supports, le toit du colombier était intact, et M. Prévotin eut un sourire de satisfaction en apercevant le pigeon de faïence qui le surmontait.

— Bien! fit-il. Quelle heure avons-nous?

— Onze heures et quart.

— Très bien!

Il se mit à regarder à terre comme s'il eût perdu quelque chose.

— Que cherchez-vous donc? demanda M. Pié-Rondal.

— L'ombre de ce pigeon de faïence qui est là-haut sur le faîte... Eh! s'écria-t-il tout à coup, je crois bien

12.

que je ne l'aperçois pas! Le soleil est
trop haut en cette saison, et l'ombre
porte sur le toit. A midi, elle sera
encore moins oblique. Comment faire?

Il réfléchit un instant ; puis, s'adres-
sant à Mme Minaut, qui regardait tout
cela avec une stupéfaction douloureuse.

— Vite, donnez-moi une échelle, une
longue, qui puisse atteindre au toit.

— Comment! Vous voulez monter là-
dessus, dit M. Pié-Rondai, au risque
de vous tuer?

— Il le faut. Allons! dépêchons-nous.

Les deux échelles qu'on trouva dans
la grange étaient trop courtes; mais
M. Prévotin les adapta l'une à l'autre
en les liant fortement avec des cordes.

— Aidez-moi à dresser cela contre le
mur, dit il.

L'opération se fit, non sans difficulté; enfin, l'extrémité supérieure de l'échelle vint s'appuyer au rebord du toit.

Tous ces préparatifs avaient employé près d'une demi-heure.

M. Prévotin prit une perche d'environ trois mètres, et, sans écouter les observations de son ami, se mit à grimper sur l'échelle. Arrivé au toit, il enleva des tuiles pour se frayer un passage, et, posant ses pieds sur les lattes à la façon des couvreurs, il atteignit le faîte du colombier. Alors, il enleva le pigeon de faïence, et, à la place, il ficha et assujettit aussi perpendiculairement que possible la perche qu'il avait emportée, et dont il put voir l'ombre se projeter à terre, un mètre au delà du rebord du toit.

Il se hâta de descendre et tira sa montre : il était midi juste.

Il marqua soigneusement, au moyen de piquets qu'il avait fait préparer par Tienni, les deux extrémités de l'ombre formée par la perche ; puis, il relia les deux piquets l'un à l'autre par un fil bien tendu, qu'il prolongea ensuite en ligne droite jusqu'aux deux tiers de la cour, où il le fixa par un troisième piquet.

Alors, prenant la pioche de Tienni, il se mit à gratter légèrement le sol, en suivant la ligne marquée par le fil. Bientôt il rencontra, presque à fleur de terre, un de ces gros cailloux noirâtres assez rares dans le pays, où on les appelle *bizeaux* ou *bizets* Il le montra du bout de sa pioche à Mme Minaut, en lui disant :

— Creusez là ; votre trésor est sous cette pierre.

X

Tienni et sa mère, étonnés, restaient immobiles, les bras pendants.

— Eh bien ! vous ne m'avez pas entendu ? dit M. Prévotin ; je vous répète que l'argent est là, sous ce caillou... Creusez, dégagez-le. Il n'y a pas de danger ici, on peut piocher en toute assurance.

Tienni, après avoir consulté sa mère du regard, se décida ; et celle-ci, un instant après, prit également sa pioche et se mit à l'aider.

— Mon cher maître, dit M. Pié-Ron-

dal, je n'ai pas voulu vous interrompre jusqu'ici; mais voudriez-vous maintenant m'expliquer comment vous êtes
arrivé à cette solution... qui, je l'espère pour ces braves gens, va se trouver exacte?

— Volontiers, dit M. Prévotin; c'est
bien simple, vous allez voir.

Il tira de sa poche le parchemin,
et, le dépliant sous les yeux de son
ami :

— Quelles sont, dans ce passage
tronqué, les syllabes qui émergent avec
un sens incontestable? *Fastig*, n'est-il
pas vrai? C'est-à-dire *fastigium*, le toit,
le faîte... Est-ce dans un toit qu'on va
s'aviser de cacher un trésor? Non; ce
serait difficile, d'abord, et ensuite imprudent... Donc il est question ici du
toit seulement comme moyen de transi-

tion et par correspondance avec un point
déterminé... Mais c'est vague, ce mot
toit. Quelle partie du toit? Un des an-
gles ou bien le sommet? Ceci est important... Or, vous avez remarqué à la
suite, ces trois lettres *al-t*, l'*l* séparé
du *t*... Par conséquent, ce n'est pas *al-
tum*. Mais, si on remplit l'intervalle
par un *a*, pourquoi pas *alatum*?...
Eh! c'est cela, le *faîte ailé!*... façon
poétique de désigner le pigeon de
faïence qui surmonte ce colombier.
Vous vous rappelez mon émotion,
quand cette idée m'est venue? C'est
que j'étais sur la voie.

En effet, il est évident que le trésor
se trouve à l'endroit où aboutit le
rayon visuel parti de l'œil d'un observateur et passant par le faîte du toit.
Mais où placer l'observateur? Comme

le colombier est plus élevé que tout ce
qui l'entoure, en quelque endroit que
vous supposiez l'observateur, le rayon
visuel ira se perdre dans les nuages. Il
faut donc, de toute nécessité, que ce
rayon parte de plus haut. Plus haut,
qu'est-ce qu'il y a? Rien, si ce n'est le
soleil.

Eh ! mon Dieu, oui ! Il s'agit de l'ombre produite, au soleil, par le faîte du
toit. Nous en avons la confirmation
par ces deux lettres qui suivent; *br*...,
lesquelles, manifestement, n'appartien-
nent ni à *imbrex*, *tuile*, ni à *imbres*,
pluies, mais bien à *umbra*, ou plutôt
umbram, *ombre*. Les quatre lettres
disjointes qui suivent, *pr-i-t*, font partie
d'un verbe qui complète la phrase, par
exemple *projicit*... Maintenant vous me
direz que l'ombre varie...

— En effet, suivant l'heure et suivant la saison.

— Bien. Mais l'abbé Minaut a tout prévu. Voyez les lettres qui précèdent *fastig : med, di ;* qu'est-ce que cela peut vouloir dire, si ce n'est : *med (ia) di (e)... au milieu du jour, à midi ?*

— Soit ! Mais la saison ?

— La saison ? De quand est daté cet écrit ? Du 21 décembre 1793. 21 décembre, époque du solstice d'hiver. Me trouverez-vous téméraire d'interpréter comme suit ce qui reste : *ho (cc) e solî (stitial) tem) p(o) r(e) ? dans ce temps de solstice ?* Évidemment, c'est cela, et notre phrase est complète. Maintenant je traduis : *L'endroit où le colombier, dans ce temps de solstice, à midi, projette l'ombre de son faîte ailé.*

13

Voilà pourquoi je tenais tant à être
ici avant midi. Quant au prolongement
de l'ombre à l'époque du solstice d'été,
j'avoue que je l'ai obtenu par un pro-
cédé assez grossier ; mais il me suffisait, attendu que l'abbé Minaut avait
dû placer quelque marque sur le terrain. En effet, je n'ai pas eu de peine à
découvrir ce gros *bizeau*, tel qu'il n'y
en a peut être pas de semblables dans
cette cour... et sous lequel est le ma-
got, j'en réponds. Avez-vous quelque
objection à me faire ?

— Aucune, si ce n'est que l'abbé Minaut était fort imprudent d'enfouir ainsi
son trésor dans une cour en plein midi.

— Pas du tout. Il a marqué la place,
à midi ; mais ce n'est que la nuit suivante qu'il est revenu creuser le trou
et enfouir la somme.

— Allons ! mon cher maître, dit en
riant M. Pié-Rondal, vous avez réponse
à tout, et je crois que l'événement vous
donnera raison. Au reste, nous allons
bientôt être fixés.

Ils se rapprochèrent de Tienni et de
sa mère qui travaillaient bravement,
mais sans avancer beaucoup dans ce
terrain caillouteux et battu ; d'un autre
côté, le *bizeau*, à mesure qu'on le dé-
couvrait, devenait si volumineux qu'il
paraissait difficile de le soulever.

— N'importe ! dit M. Prévolin ; à
nous quatre, il faudra bien que nous
en venions à bout. Courage !

Tout à coup, Tienni et sa mère jetèrent leurs pioches et coururent vers la
porte de la cour. Un homme venait
d'entrer ; c'était Vincent Minaut.

Tous trois se jetèrent en pleurant au

cou l'un de l'autre, et se tinrent étroi-
tement embrassés. Puis, ce furent des
gémissements sur cette catastrophe si
inopinément survenue, des explications
sur l'arrivée tardive de Vincent, qui s'é-
tait absenté quelques jours pour chercher un travail plus lucratif, et à qui
la lettre de sa mère avait été remise
seulement la veille.

Ces épanchements étaient trop natu-
rels, pour que les deux archéologues,
malgré leur impatience, cherchassent
à les interrompre. Vincent y mit un
terme. Il demanda tout bas à sa mère
ce que signifiait la présence de ces
étrangers ; puis, sans attendre la réponse, ayant reconnu M. Pié-Rondal,
il s'avança vers lui et lui dit tristement :

— Ah ! monsieur, combien il est fâ-

cheux que vous n'ayez pas détourné
mon père de cette chimère !

— Dites plutôt, répondit M. Pié-
Rondal, qu'il est fâcheux que je n'aie
pas pu lui indiquer l'endroit précis où
le trésor était caché. Aujourd'hui, cet
endroit est connu, et tenez !... le voici.

— Comment ! sous cette pierre ?

— Enlevez-la, dit M. Prévotin. J'affirme que la cachette est dessous.

Vincent, lui aussi, eut un moment de
doute et d'hésitation ; mais ce qu'on lui
demandait était si peu de chose que,
pour en finir avec cette question et
n'en plus entendre parler, il saisit brusquement une des pioches, et se mit
à continuer le travail de sa mère et
de Tienni. En deux minutes, ce fut
achevé. Restait à soulever le bizeau.
Mais M. Pié-Rondal et son ami s'é-

taient armés, l'un d'un bout de perche, l'autre d'une pince en fer, dont ils se servirent comme de leviers. Sous leur effort la lourde pierre s'ébranla et fut enfin extraite.

— Il n'y a rien! dit Tienni, qui suivait attentivement l'opération.

— C'est impossible! dit M. Prévotin. Creusez plus avant.

En même temps, il frappait violemment du bout de sa pince au fond du trou. Un bruit de poterie brisée retentit.

— Ah! je le savais bien! s'écria-t-il.

Et, donnant un nouveau coup plus violent que le premier, il fit jaillir des pièces d'or qui étincelèrent au milieu de la terre effritée.

Une triple exclamation de surprise et de joie se fit entendre.

— Oh! Si mon pauvre défunt était là! s'écria Mme Minaut.

Et elle fondit en larmes.

Vincent avait pris la main de M. Prévotin et la serrait avec effusion, sans pouvoir trouver de mots pour exprimer sa reconnaissance.

— Bien! fit le savant ému de cette démonstration; mais ce n'est pas tout, il faut finir de déblayer cela et mettre votre trésor en place.

Vincent ramassa les quelques louis éparpillés dans la poussière; puis il acheva de dégager le pot de terre, dont le couvercle seulement avait été brisé par les coups de pince de M. Prévotin. C'était un vase grossier de petite dimension, mais plein de louis jusqu'aux bords. Vincent eut quelque peine à le soulever. Il le porta dans la maison et en versa le contenu sur la table.

L'éclat et le bruit de ce métal ruis-
selant remplirent de joie Mme Minaut
et ses deux fils; mais, presque en même
temps, ils se rappelèrent de quel prix
cette trouvaille était achetée, et leurs
yeux se remplirent de larmes.

Les deux savants se chargèrent de
compter le trésor : ils trouvèrent, en
louis de douze, vingt-quatre et quarante-
huit livres, une somme de quarante-
trois mille et quelques cents francs.

Ils eurent beaucoup de peine à se
défendre contre l'insistance de Mme Minaut et de Vincent, qui voulaient
absolument, dans leur reconnaissance,
leur faire accepter une partie de cette
fortune.

— Gardez-la tout entière, dit M. Pié-
Rondal à Vincent ; il n'est même pas

sûr que cela suffise pour que Clavé
vous accorde la main de sa fille.

C'était la seule considération qui pût
modérer l'insistance du jeune homme.
Quant aux refus de Clavé, il se croyait
désormais en mesure de les vaincre. Cependant il n'était pas absolument ras-
suré à cet égard, et même il laissa
entendre qu'il ne serait pas fâché que
M. Pié-Rondal intercédât en sa faveur
auprès de l'irascible vigneron.

Volontiers, le bonhomme se fût chargé
de cette mission ; mais son compagnon
ne s'intéressait pas aux suites de l'a-
venture, et insistait pour quitter Morelles immédiatement. Il avait déchiffré
l'écrit de l'abbé Minaut, résolu le problème posé, cela lui suffisait.

13.

XI

Vincent écrivit aussitôt à Arsène pour l'informer de ce qui se passait et l'engager à prendre courage. Puis, après un moment de réflexion, il se persuada qu'il pouvait, sans inconvénient, tenter lui-même une première démarche auprès de Clavé.

On se rappelle cette scène de Molière, où Léandre vient annoncer qu'il a « reçu tout à l'heure des lettres par où il apprend que son oncle est mort et qu'il est héritier de tous ses biens »; à quoi le bonhomme Géronte répond : « Monsieur, votre vertu m'est tout à fait

considérable, et je vous donne la main
de ma fille avec la plus grande joie du
monde. »

La situation était la même ; mais il
s'en fallut beaucoup qu'elle se dénouât
avec cette facilité. A peine Vincent
avait-il ouvert la porte de Clavé, que
celui-ci se leva brusquement et lui demanda ce qu'il voulait. Le jeune homme
s'excusa et pria qu'on voulût bien l'é-
couter ; mais Clavé, convaincu qu'il venait pour lui faire affront, le somma de
se retirer, et, comme l'autre n'obéissait
pas assez vite, il prit un échalas qui
se trouvait à portée de sa main, et le
força, en le menaçant, de battre en retraite. Après quoi il lui ferma rudement
la porte de la cour sur les talons.

Il en résulta une certaine alerte dans
le quartier. Des voisins accoururent, et,

parmi eux, Sacaud, le maire de Morelles, qui blâma Vincent de s'être ainsi présenté à l'improviste chez un homme offensé et dont il connaissait le caractère violent.

— Eh! que ne me laissait-il m'expliquer! s'écria Vincent. Je n'avais que deux mots à lui dire, et maintenant nous serions d'accord.

— Tu crois qu'il t'aurait accordé la main d'Arsène!

— Dame! pourquoi pas! Il me l'a refusée parce qu'il ne me trouvait pas assez riche; maintenant, j'ai plus d'argent que lui, et à ce compte-là ce serait plutôt à moi de faire le difficile.

On le questionna, et il raconta comment le trésor vainement cherché venait d'être enfin découvert. Il y eut parmi les assistants un mouvement de surprise, bientôt suivi d'un sourire de pitié, car chacun pensa qu'il avait hérité de la folie de son père.

—Ah! vous ne me croyez pas? dit-il, eh bien, venez avec moi, je m'en vais vous convaincre.

Il les emmena, leur montra, en passant dans la cour, le trou d'où le trésor avait été extrait, puis bientôt le trésor lui-même éparpillé dans le tiroir d'une commode.

— Voyons! Est-ce que je rêve?

Ils demeurèrent un instant éblouis, fascinés par le scintillement de l'or; puis, quelqu'un lui ayant demandé quelle somme cela pouvait représenter, il répondit assez dédaigneusement qu'il ne savait pas au juste, ce qui fit estimer sa trouvaille le double au moins de sa valeur.

— Sois tranquille, Vincent, dit Sacaud; je vais aller trouver Clavé, et,
tes affaires ne tarderont pas à s'arran-
ger.

Il alla, en effet, chez Clavé le soir
même. Celui-ci le reçut fort mal.

— Je me doute de ce qui t'amène, lui
dit-il; tu aurais aussi bien fait de rester
chez toi.

— Voyons! Clavé, on écoute les
gens avant de se fâcher, c'est la moindre des choses.

— Eh bien, parle.

— Tu as eu tort d'accueillir Vincent
comme tu l'as fait tout à l'heure. Il ne
venait pas pour te narguer, le pauvre
garçon, il n'en a pas envie, mais pour
t'annoncer une nouvelle qui t'intéresse
presque autant que lui, et qui doit changer tes dispositions à son égard.

— Bah! et quelle est cette nouvelle?

— Le trésor que Minaut s'est tué à chercher vient d'être découvert.

— Vraiment!... Cela me fait bien plaisir.

— Ne plaisante pas, c'est sérieux. Je viens de voir les pièces d'or; il y en a plein un tiroir. Je n'ai pas fait le compte, mais je gagerais hardiment pour cinquante mille francs, même pour soixante.

— Oui-dà! c'est magnifique.

— Je te dis ce que j'ai vu; par conséquent, il n'y a pas à en douter.

— Aussi je n'en doute pas; mais qu'est-ce que cela prouve?

— Cela prouve... que si on prend garde seulement à la fortune, Vincent vaut aujourd'hui ta fille, pour le moins.

— Comment donc! Il vaut beaucoup

mieux, et je m'étonne qu'il songe encore à elle.

— Trêve de railleries ! Consens-tu à lui accorder sa main ?

— Non... Ah çà ! tu t'imagines que parce qu'il aura trouvé quatre mauvaises pièces d'or dans un coin...

— Je t'ai dit cinquante mille francs, pour le moins.

— Mets-en cent mille, un million même, si tu veux. Qu'est-ce que cela peut me faire ?

— Cependant, voyons Clavé, par considération pour ta fille.

— Ma fille ? Je ne la connais plus. Je n'ai plus d'enfant !

Et, comme Sacaud voulait ajouter quelques observations, il l'interrompit sèchement :

— Assez sur ce sujet, je t'en prie ;
et n'y reviens plus, si tu ne veux pas
que nous nous fâchions.

Vincent, lorsqu'il apprit le résultat
de cet entretien, fut désolé. Sacaud le
remonta de son mieux :

— Ne t'inquiète donc pas, lui dit-
il. C'est le premier mouvement, et il
fallait s'y attendre ; il en rabattra. Déjà,
lorsque je lui ai dit que ta trouvaille
valait une cinquantaine de mille francs,
j'ai remarqué, malgré son air bourru,
que ça lui faisait une certaine impres-
sion. Laissons-le réfléchir tranquillement. Toi, en attendant, occupe-toi de
tes affaires : change ton vieil or contre
du neuf, paie les créanciers de ton père,
achète du bien, fais valoir ton argent,
fais-le *mousser* le plus possible... Je
serais bien surpris si, d'ici à un mois,

Clavé ne venait pas rôder autour de
toi d'un air câlin.

Vincent se rassura un peu, et suivit ce conseil.

Pour changer ses louis contre de la
monnaie ayant cours, il lui fallut aller à
Paris : ce fut pour lui une occasion de
voir Arsène.

Elle était employée, avec Gagny et
sa femme, chez des maraîchers d'Ar-
cueil, forts satisfaits de son travail, et
disposés à la garder auprès d'eux le
reste de l'année. Malgré cela, Vincent
voulait la ramener à Morelles, non pas
chez son père, qui la repousserait bru-
talement, mais chez lui, auprès de sa
mère. Elle lui tiendrait lieu de bru, en
attendant qu'il plût à Clavé de régulariser leur position. Elle rejeta vivement cette offre : d'abord, elle serait

honteuse de reparaître à Morelles dans
de telles conditions ; puis, Clavé verrait là une sorte de défi et deviendrait
plus implacable que jamais. Ces raisons
étaient trop bonnes pour que Vincent ne
les comprît pas.

— Ainsi nous allons rester séparés?

— Il le faut bien, répondit-elle.

Ils se quittèrent découragés et fort
tristes.

Vincent, de retour à Morelles, désin-
téressa tous les créanciers de son père.
Il acheta plusieurs pièces d'héritage qui
étaient à sa convenance, et les paya
comptant. Clavé sut ces détails comme
tout le monde ; Sacaud, du reste, à l'occasion, ne manquait pas de les lui faire
remarquer.

— Eh bien ! qu'est-ce ça prouve? continuait à dire Clavé.

— Ça prouve que ce que je t'ai dit est vrai : Vincent *a le sac*... Et ce n'est pas fini, va ! Tu en verras bien d'autres.

— Tu m'ennuies, laisse-moi tranquille.

Et Clavé lui tourna brusquement le dos.

Cette insistance un peu railleuse de Sacaud était maladroite et allait directement contre son but. Clavé, chaque fois qu'il le rencontrait, s'affermissait de plus en plus dans son entêtement.

Un jour, il aperçut des maçons et des charpentiers occupés à réparer la maison Minaut. Cela l'irrita beaucoup.

— Méchant freluquet ! grommela-t-il. Parce qu'il a quatre sous mal gagnés, il se donne des airs de bâtir un château ! Il croit me jeter de la poudre aux yeux.

Et il s'éloigna en haussant les épaules.

Les choses allèrent ainsi jusqu'à la fin de septembre, où M. Pié-Rondal vint chasser à Morelles. Le vieil avocat, que Vincent pria de faire une dernière tentative auprès de Clavé, s'étonna que cette affaire ne fût pas encore terminée.

— Comment! dit-il, il continue à vous tenir rigueur? Attendez, mon jeune ami, je m'en vais le voir et lui parler serré.

— Je vous en prie, ménagez-le.

— Non, non... Ce n'est pas avec des ménagements qu'on vient à bout de pareils caractères. Laissez-moi faire, je vais le secouer comme il faut.

En effet, il prit Clavé à part et lui reprocha énergiquement son obstination, que rien ne justifiait; bref, il le secoua comme il l'avait promis à Vincent; mais il avait affaire à forte partie. Clavé se retrancha dans ses droits de père de famille, rappela l'offense qu'il avait reçue, et qu'il ne jugeait pas à propos de pardonner. Il en était bien le maître, après tout, et il n'avait d'ordres à recevoir de personne. Tous deux s'animèrent de plus en plus, et la scène en vint au point que Clavé jugea prudent de s'éloigner un instant, dans la crainte de manquer, dit-il, au respect qu'il devait à son hôte.

— Quelle tête de mule ! fit M. Pié-Rondal en haussant les épaules.

Il revint dans la rue, où Vincent l'attendait impatiemment, et lui dit l'insuccès de sa tentative.

— Quel moyen employer maintenant?

fit le jeune homme. Je n'en vois plus aucun.

— Ma foi ! moi non plus, mon pauvre garçon.

En ce moment, ils aperçurent Mme Clavé qui venait à eux avec précaution, en rasant les murs.

— Qu'y a-t-il donc ? demandèrent-ils.

— Je crois que vous vous y prenez mal, fit-elle à voix basse. Vous n'arriverez à rien en l'attaquant de face.

— Comment feriez-vous donc, vous ? demanda M. Pié-Rondal.

Elle se rapprocha d'eux, et, tout en regardant de côté, de peur de surprise, elle leur parla quelque temps.

La voix de Clavé, qui l'appelait, la fit rentrer précipitamment dans la maison.

XII

A partir de ce jour, l'attitude de Vincent vis-à-vis de Clavé changea complètement. Ce ne fut plus, quand par
hasard il le rencontrait, cette mine piteuse et craintive qu'il avait eue jusque-là, mais un air décidé, froid, et
même hautain. Clavé, qui s'en aperçut,
fronça ses gros sourcils; mais l'autre
ne parut pas y faire la moindre attention.

Cette sorte d'antagonisme se mani-
festa nettement, lors de la mise en ad-
judication d'un pré que Clavé convoi-
tait et que Vincent, sans aucun intérêt

apparent, enchérit avec obstination. A chaque mise de son rival, Clavé faisait un geste d'impatience et de colère. Enfin, le pré fut adjugé à Vincent.

— Je ne suis pas de ces fous qui achètent les choses le double de ce qu'elles valent, dit tout haut Clavé en sortant.

— Je ne suis pas de ces ladres qui veulent avoir les choses à moitié prix, riposta Vincent sur le même ton.

Clavé se retourna, furieux :

— Est-ce pour moi que tu dis cela ?

— Pourquoi pas ?

C'était une querelle. On s'interposa. Sacaud, entre autres, qui emmena Clavé, non sans peine.

— L'insolent ! criait Clavé.

— Pardon, c'est toi qui as commencé.

14

— Je ne m'adressais pas à lui. D'ailleurs, je suis son aîné, il me doit le respect. S'il croit me gagner par ces procédés-là.

— Oh! ça lui est bien égal.

— Comment! ça lui est bien égal?

— Oui; il ne se soucie guère d'Arsène, je t'assure.

— Est-ce qu'il aurait l'infamie de l'abandonner, après ce qui s'est passé?

— Dame! du moment que tu persistes à la lui refuser.

— J'ai mes raisons. Lui, son devoir est de rester fidèle à celle qu'il a compromise.

— Il entend les choses autrement. Il dit qu'il est las de tes rebuffades, qu'il vaut bien ta fille, après tout; et que tu peux la garder. Quant à lui, il ne tardera pas à s'établir ailleurs.

— Tonnerre ! je voudrais voir cela.

— Tu le verras.

Bientôt, il fut question dans le pays des assiduités de Vincent auprès d'une vieille fille des environs, laide et sotte, mais riche ; puis Gagny et sa femme revinrent de Paris, et rapportèrent qu'ils avaient laissé Arsène triste et malheureuse, parce que Vincent ne répondait plus à ses lettres et paraissait l'avoir abandonnée.

— C'était donc vrai ! s'écria Clavé. Le lâche !

Il ne lui déplaisait pas qu'Arsène souffrît par suite de son imprudence : rien de plus juste, selon lui. Mais que Vincent se permît de la dédaigner, il y avait là une insulte personnelle qui ne pouvait pas rester impunie.

Un jour qu'il rêvait aux moyens de

se venger, il surprit sa femme occupée à lire un papier. Elle le cacha, dès qu'elle l'aperçut, mais il voulut voir, et elle finit par le lui donner : c'était une lettre d'Arsène.

— Ainsi, dit-il, tu es en correspondance avec ta fille ?

— Non. C'est la femme de Gagny qui m'a remis cette lettre l'autre jour. Je la relisais... O ma pauvre Arsène !

Et elle porta son mouchoir à ses yeux.

Clavé parcourut rapidement la lettre, qu'il entremêla de ses réflexions :

« C'était d'abord une grande tristesse de se voir seule et si éloignée de sa mère... » (Parbleu ! à qui la faute ? Je lui conseille de se plaindre !)... « puis, des regrets de sa conduite : elle était bien coupable. » (On en convient donc, enfin !) « Son père lui pardonnerait-il jamais ? Elle ne l'espérait pas : il était si sévère, si inflexible ! » (Je suis un tigre, à ce qu'il paraît !) « Pourtant elle était bien cruellement punie, et par celui-là même à qui elle avait tout sacrifié. » (Ah ! ah !) « Vincent était venu à Paris, et elle ne l'avait pas vu. Trois lettres étaient restées sans réponse. » (Oui, ça te chiffonne.) « Est-ce qu'il la délaisse-rait ? A cette idée, sa tête s'égarait, elle devenait folle... (Hein ? pas de bêtise)... « Mais non, son père lui avait transmis un peu de son courage et de son éner-gie... (C'était exact.) « Elle aurait la force de se résigner à son sort, et le mé-pris d'une telle lâcheté la guérirait de son amour. » (Bien !)

La lettre se terminait par de tendres expansions ; puis, au bas, ce post-scrip-

14.

tum : « Hélas ! la conduite de Vincent s'expliquait. C'était une revanche : pauvre, on l'avait dédaigné ; riche maintenant (oh ! riche...) il dédaignait à son tour. Que son père, que cette injure atteignait autant qu'elle (c'est vrai), ne cherchât pas à la contraindre (parce que ?) : d'abord elle ne voulait pas que Vincent revînt à elle par force ; elle avait sa fierté (bien !) Du reste, que pouvait-on contre lui ? Absolument rien. »

— Ah ! s'écria Clavé, je te ferai voir si je ne puis rien contre lui... Prépare mes effets, dit-il à sa femme ; je pars pour Paris.

— Mais, mon ami...

— Je te dis de te dépêcher.

Il partit, en effet, le soir même pour Paris.

Le lendemain, il ramenait avec lui

Arsène, honteuse, l'air boudeur et obstiné; tout leur voyage n'avait été qu'une longue querelle, qui se continua dans la maison :

— Je te dis, moi, que tu l'épouseras, répétait Clavé.

— Non, jamais. Après ce qu'il a fait, je le méprise.

— Méprise-le, ça m'est égal; mais tu l'épouseras : je t'y forcerai bien.

— Tu ne m'y forceras pas... ni lui non plus.

— Oh! lui, c'est mon affaire; je m'en charge... Et j'y vais de ce pas.

Il alla, en effet, trouver Vincent. Récriminations, reproches, injures même, on peut se figurer la scène. Vincent demeurait impassible.

— Ainsi, tu refuses de réparer tes torts?

— Absolument.

A cette réponse, Clavé fut tenté de lui sauter à la gorge ; mais le jeune homme avait un air si froidement résolu qu'il se contint. Il sortit, en grommelant de sourdes menaces.

Cependant que faire ? Évidemment, il n'y avait qu'une voie à suivre, celle à laquelle il avait songé tout d'abord et dont on l'avait détourné, la voie judiciaire. Cette fois, il espérait bien qu'il ne trouverait personne pour le désapprouver.

En effet, M. Pié-Rondal, à qui il alla se confier, blâma énergiquement Vincent : c'était une indignité à peine croyable.

— Allez-vous encore me conseiller la modération, les ménagements ? dit Clavé.

— Non, certes, et vous devez user de
la dernière rigueur.

Il rédigea immédiatement une plainte
en détournement de mineure, qu'il fit
signer à Clavé et qu'il se chargea, dit-
il, de remettre au parquet, en l'ap-
puyant. Puis il ajouta :

— Ce n'est pas tout. C'est évidemment ce trésor qu'il a trouvé qui a gâté
Vincent : il faut le frapper dans ce qui
paraît lui être le plus cher, sa fortune.

— Comment cela ?

— Une bonne demande en domma-
ges-intérêts qui le ruine... Trente mille
francs.

— Pourquoi pas cinquante mille ?

— Vous avez raison, ça les vaut. Dès
demain, Vincent aura de vos nouvelles
par ministère d'huissier.

Clavé rentra chez lui, joyeux et plein d'assurance.

Le lendemain, il apprit que Vincent avait reçu la visite d'un huissier; puis, deux jours après, qu'il était allé à la ville, d'où on l'avait vu revenir la tête basse et l'air soucieux.

— Ça chauffe ! pensa-t-il.

La semaine ne se passa pas sans qu'il remarquât chez Vincent des indices non équivoques de tristesse et de crainte. Deux ou trois fois même, il lui sembla que le jeune homme essayait timidement de se rapprocher de lui; mais il lui tourna dédaigneusement le dos.

Enfin, le dimanche suivant, Sacaud se présenta chez Clavé, en se disant porteur de propositions d'arrangement.

— Ah ! ah ! il *saigne du nez*, ce beau
monsieur, fit Clavé. Et quelles sont ses
propositions ?

Sacaud expliqua alors que Vincent
se reconnaissait des torts qui pouvaient
amener une condamnation contre lui,
mais que la somme réclamée par Clavé
était beaucoup trop forte, et qu'il croyait
se montrer très large en offrant dix
mille francs.

A ces mots, Clavé entra dans une
violente colère. Il s'agissait bien de
discuter sur un chiffre ! On s'en souciait
bien, de l'argent de Minaut ! Ce qu'on
voulait avant tout, c'était une réparation
et malheureusement il n'y en avait
qu'une de possible : un mariage ; mais
celle-là, on l'exigeait absolument, et
tout de suite.

Sacaud se retira confus avec la mine

allongée d'un ambassadeur dont la mission a échoué.

Ce fut lui qui revint, quelques jours après, annoncer que Vincent se rendait à discrétion et consentait à épouser Arsène.

— Il fait bien ! dit sévèrement Clavé ; car je ne l'aurais pas ménagé... Et pourquoi ne vient-il pas lui-même?

— Dame ! tu comprends, il n'est pas trop hardi avec toi...

— Est-ce que j'ai l'habitude de manger les gens ? Dis-lui que je l'attends.

Vincent vint en effet, et Clavé eut la magnanimité de ne pas trop le rudoyer ; seulement, il fallut que le pauvre jeune homme confessât humblement sa faute et exprimât la ferme résolution de la réparer.

— Cela suffit, dit-il. S'il y avait un

autre moyen d'effacer tes sottises, crois
bien que ma fille ne serait pas pour toi ;
mais enfin, sois mon gendre, puisqu'il
le faut... Et, maintenant, allons-y de
bon cœur, et que ça ne cloche pas !

Il lui prit la main, et l'entraîna dans
la chambre d'Arsène.

A la vue de Vincent elle se leva, l'air
fâché, irrité, et fit mine de s'enfuir.

— Non, mon père, non!... Je ne
l'aime plus. Il s'est trop indignement
conduit envers moi.

— C'est vrai, il s'est conduit comme
un polisson ; mais il vient te faire des
excuses. Allons, jeune homme, à genoux !

Et, tout en retenant Arsène d'une
main, de l'autre il forçait Vincent à se
mettre à genoux devant elle.

Celui-ci s'exécuta de bonne grâce,

mais la jeune fille ne voulait rien entendre.

— Non, mon père, je ne le crois pas. C'est la peur qu'il a de toi qui le ramène ici.

— Je ne dis pas non. Malgré cela, il est sincère, j'en réponds. Je voudrais bien voir qu'il ne le fût pas!... Je vous laisse. Débrouillez vos affaires comme vous l'entendrez ; mais, d'une façon ou d'une autre, qu'on se mette d'accord, et vivement.

Il ferma la porte sur eux et sortit triomphant.

En attendant le mariage, il fallut que Vincent vînt deux fois par jour, et à heure fixe, faire sa cour. Clavé veillait strictement à ce qu'il n'y manquât pas, et il fallait voir sa mine courroucée et terrible quand, par hasard, ou par

malice, le jeune homme était de quelques minutes en retard. Celui-ci ayant,
un soir, fait la mauvaise plaisanterie de
lui demander de retirer sa plainte et
de supprimer sa demande en dom-
mages-intérêts, il le releva de la belle
façon.

— Ah ! scélérat, je te vois venir. Tu
voudrais t'échapper encore. Non, il
faut que cette plainte reste suspendue
sur ta tête. Je te tiens, vois-tu, et je ne
te lâcherai pas !

Lors du contrat, il se montra fastueu-
sement libéral et constitua une grosse
dot à sa fille, pour humilier son gendre.

Enfin le jour du mariage arriva. Dès
l'aube, Clavé fut sur pied, faisant lever
son monde, commandant, criant que
rien n'avançait. On se mit en route pour
la mairie, Clavé en tête. Il donnait fière-

ment le bras à sa fille, et se retournait,
de temps à autre, comme un sergent
qui surveille son peloton, pour voir si
la longue file des invités le suivait. A
la mairie, il s'impatienta parce que
Sacaud avait oublié son écharpe ; à l'é-
glise, il trouva que les chantres n'en
finissaient pas de psalmodier.

Vers midi, on revint à la maison.

— Elle est à toi, dit Clavé, en pous-
sant sa fille vers Vincent : rends-la heureuse, sinon, tu sais ? je suis là !... Maintenant, à table !

Malgré le deuil encore récent des
Minaut, il avait voulu une noce extraordinaire, *à tout casser*, c'était son mot.
Pendant trois jours, ce fut une série
de festins homériques, entrecoupés de
danses pour les jeunes, de parties de
cartes pour les vieux.

M. Pié-Rondal assista, le premier
jour, à cette fête de famille. Devant son
couvert, on avait placé une énorme pièce
de pâtisserie, représentant un colombier, surmonté d'un superbe pigeon en
sucre. C'était une attention allégo-
rique.

Le bois restait silencieux. Aucun applaudissement ne descendait des grands arbres, ne se faisait entendre dans les buissons, dans la futaie. Quelques rumeurs confuses, des murmures sympathiques plutôt qu'hostiles, couraient seulement au milieu des fougères, dans la mousse et la violette des bois.

Je compris que j'avais seulement remporté un de ces succès d'estime qui, au théâtre, ruinent un directeur, et en librairie, un éditeur. On dit de tous côtés : « C'est joli, c'est bien fait, ce n'est vraiment pas mal. » Mais personne n'achète le livre, ne va voir la pièce. Ils meurent respectés, considérés, mais ignorés de la plupart. On leur fait un gentil petit enterrement. Quelques amis, quelques parents, suivent le convoi d'un air recueilli, les passants retirent leur chapeau suivant l'usage, mais chacun se dit : « Qu'est-ce que c'est que ce mort-là ?... Connais pas. »

— Alors, vous n'êtes pas satisfaits? demandai-je brusquement à mes voisins.

Avec sa mâle franchise, un vieux chêne me répondit :

— Nous le sommes sans l'être... Cette recherche d'un trésor offre quelque intérêt. Le caractère de Clavé, le père de la jeune fille, est bien observé, bien suivi. Je reconnais là les mœurs de la campagne que Jules Dautin a parfaitement étudiées... Mais, c'est un peu terne, cela n'émeut pas... Tu ne nous a fait ni pleurer, ni trembler, ni rire.

Il avait raison. J'étais condamné. J'allais m'éloigner un peu confus, lorsqu'un rosier sauvage, s'accrochant avec ses épines aux pans de ma jaquette, me dit :

— Si j'étais toi, je voudrais finir sur une note gaie.

— Une note gaie! répétai-je.

— Oui, n'as-tu jamais écrit avec Dautin quelque chose d'amusant?

Je réfléchis quelques instants, et tout à coup :

— Oui, je me souviens... Une petite nouvelle sans importance que nous n'a-

vons jamais osé publier... Vous en aurez la primeur, s'il vous plaît de l'entendre.

— C'est comique?

— Non, c'est bouffe.

— Vas-y ! cria tout le bois.

Il avait décidément besoin de se remettre, et ne demandait qu'à rire. Je
m'en rendis bien compte. Quand j'eus
fait connaître le titre de la nouvelle :
Trois blancs dont un nègre, toutes les
branches, toutes les feuilles, toutes les
herbes se penchèrent vers moi. On aurait dit qu'un coup de vent venait de
s'abattre sur le jardin, et avait couché
tous ses hôtes du même côté.

15.

TROIS BLANCS

DONT UN NEGRE

I

C'étaient bien deux vrais amis : toujours ensemble, se promenant et chassant de compagnie, se fâchant et se réconciliant à tous propos, l'un gueux et l'autre aisé, celui-ci rendant vaniteusement un service, celui-là le quêtant avec servilité, nécessaires l'un à l'autre, deux amis enfin !

L'un s'appelait Ducroc, l'autre Ber-

nillon. Ducroc avait cinquante ans,
de gros favoris gris, l'œil vif et de
l'embonpoint. Il s'était pris de passion
pour la chasse. Plus souvent dans
son chenil que dans son salon, il fouet-
tait ou caressait ses chiens, et n'ôtait sa
pipe de sa bouche que pour lâcher une
jovialité ou un juron. Célibataire, il
envoyait au diable trois ou quatre cou-
sins qui guettaient sa succession, et
les tenait à distance respectueuse de
sa personne.

Il avait navigué dans sa jeunesse. Un
jour, muni d'une pacotille, il était parti
pour l'Amérique du Sud, d'où, quinze
ans après, on l'avait vu revenir avec
dix mille livres de rentes et un nègre
nommé Baba. Il s'était alors, suivant
son expression, embossé en plein pays
natal, un petit chef-lieu de canton, res-

semblant à tous les petits chefs-lieux
de canton, où sa fortune lui valut l'estime de ses concitoyens. Malheureusement, il ne cessait d'écorner cette fortune par de sottes prodigalités. Il avait
par exemple, pour lui seul, deux domestiques : Toinon, pauvre vieille ridée
et cassée qui travaillait comme un nègre,
et Baba, le nègre qui ne faisait rien
du tout. Celui-ci était fort comme un
taureau, agile comme un singe et noir
comme la pipe de son maître. Ducroc
n'en pouvait rien tirer, le rouait de
coups, et Baba, qui d'une chiquenaude
l'eut assommé, acceptait philosophi-
quement ces volées quotidiennes.

S'il était à craindre que Ducroc ne se
ruinât, on pouvait, en revanche, être
parfaitement tranquille sur le compte
de Bernillon, sans un sou vaillant, et

criblé de dettes. Il avait été soldat
comme Ducroc avait été marin : triste
soldat, locataire à bail des salles de police. Une blessure reçue en Kabylie,
le mit dans la nécessité de prendre ses
Invalides juste au moment où, disait-il,
il allait avoir de l'avancement. Sa retraite était engagée, et son crédit aussi
nul que possible, quand Ducroc survint fort à propos dans le pays. Bernillon fit en sorte de rencontrer le nouvel arrivé sur le Mail, le salua poliment,
lia conversation avec lui, conta ses
aventures, et se fit inviter à dîner. De
ce jour, leur intimité prit date. Le
repas avait été si plantureusement ar-
rosé, qu'au dessert ils tombèrent dans
les bras l'un de l'autre, et se jurèrent
en pleurant, une amitié éternelle. Bernillon profita de l'attendrissement de

son nouvel ami, pour lui faire un premier emprunt.

Bientôt, ils furent inséparables : Bernillon, en un clin d'œil, était parvenu à s'accommoder aux fantaisies de Ducroc, à se modeler sur lui. Ainsi, Ducroc aimait la chasse, Bernillon en raffolait. Ducroc, sous prétexte qu'il avait été marin, aimait à s'entendre appeler *Capitaine*, Bernillon lui donnait du *Capitaine* à plein gosier. Ducroc, grand buveur, voulait qu'on lui tînt tête, Bernillon acceptait tous ses défis, mais il avait soin, ivre ou non, de rouler au dessert sous la table, ce qui faisait pousser à son ami des exclamations de triomphe. Enfin, Ducroc, enclin aux familiarités amicales, tutoyait Bernillon, et exigeait parfois, après boire, que celui-ci usât avec lui du même

sans-façon. Bernillon obéissait, mais
gauchement, comme à regret, et avec
la timidité d'un inférieur qui ose à
peine profiter d'une liberté permise.

Il se gardait bien cependant d'être
toujours de l'avis du capitaine et de
l'applaudir à tous coups. Une pareille
jatte de lait eut vite écœuré Ducroc.
Il aimait le bruit, la contradiction, la
lutte. On se disputait donc, de temps
en temps, on se fâchait même ; mais
quelles charmantes fâcheries ! Elle se
fondaient, le lendemain, dans un rac-
commodement tout entremêlé d'excuses, de petits verres et de chaudes pro-
testations.

Dans le cours de cette douce intimité,
la vieille Toinon vint à tomber malade,
et Ducroc, pour la remplacer en attendant qu'elle fût rétablie, prit à son

service une fille de vingt ans nommée
Christine Levert. Cela déplut à Bernillon. Cette Christine était une bâ-
tarde passablement décriée, effrontée,
coquine, avenante et jolie, du reste. Or,
Bernillon connaissait Ducroc et sa nature inflammable ; il le savait capable
de sacrifier son ami au premier co-
tillon venu. Il fut d'autant plus sérieu-
sement alarmé que le jour où la vieille
reprit son service, Ducroc persista cependant à garder Christine. Il fit quelques observations; l'ancien marin n'en
tint aucun compte. Il dit du mal de
Christine, Ducroc l'interrompit de façon
à lui ôter l'envie de recommencer. Il se
mit à bouder, ses visites furent plus
rares et plus courtes. On ne parut pas
s'en apercevoir. Une fois même, il s'ab-
senta huit jours, sans que Ducroc vînt

le voir, ou l'envoyât chercher. Décidément, sa situation était fort compromise.

Alors Bernillon, rompu à toutes les
ruses, changea de tactique, et un matin,
on le vit revenir plus empressé et plus
souriant que jamais. Il s'excusa si bien,
il fut si aimable qu'on oublia tout de
suite sa maussaderie. Ducroc lui serra
la main avec effusion, et Christine, qui
n'était pas plus rancunière que farouche, fut extrêmement flattée des compli-
ments qu'il lui adressa. Les bonnes relations reprirent donc entre eux comme
par le passé, mais cette fois, elles furent brusquement interrompues.

Ils s'étaient remis à chasser ensemble.
Cependant, par une singularité inexpli-
cable, la chasse était à peine commen-
cée, que, le plus souvent, Bernillon dis
paraissait, sans que Ducroc pût par-

venir à le rejoindre. Celui-ci appelait, cherchait, sifflait, inutilement, et, de guerre lasse, continuait à battre les buissons en murmurant : « Cet animal de Bernillon! On nè sait jamais où il est fourré! » Bernillon, le soir, lui contait qu'il s'était égaré.

Un jour, soit qu'il fût ennuyé de ces disparitions ou qu'elles lui parussent louches, Ducroc, resté seul, rompit les chiens, et s'en revint au logis. En entrant dans la cour, il entendit, du côté du chenil, un bruit de voix qui se disputaient. Il écouta : c'étaient les voix de Bernillon et de Baba. Bernillon reprochait à Baba d'être l'amant de Christine, et le nègre faisait à Bernillon le même reproche. Comme des explications, on en venait aux coups, Ducroc, frémissant de colère, s'élança dans la

mêlée, son fouet à la main, et cingla'
vigoureusement, sans distinction de
couleur. Baba s'enfuit en hurlant dans
la cour. Ducroc poussa Bernillon dans
la rue et revint à Baba pour continuer
la correction. Mais, cette fois, le nègre
enhardi par les regards de Christine
qui, d'une croisée assistait au combat,
se rebiffa, et d'un terrible coup de pied,
envoya son maître rouler à dix pas.
Puis, il courut au logis, fit un paquet
de ses hardes, et se sauva de la maison,
Christine sous son bras.

Des voisins ramassèrent Ducroc et
le mirent au lit. Il n'avait pas de contu-
sion grave. On le soigna, et, trois jours
après, il fumait sa pipe.

Bernillon avait regagné, clopin-clo-
pant, son domicile. Quant à Baba, il
s'était réfugié avec Christine chez un

nommé Gruchet, charpentier, avec lequel il avait plus d'une fois sablé du vin
dérobé à la cave de son maître. La
femme du charpentier, qu'on appelait la
Gruchette, s'empressa auprès de Christine, qui geignait et se trouvait mal à
chaque instant. On lui demanda ce
qu'elle avait; elle ne voulut rien répondre. Le lendemain, comme elle n'allait pas mieux, on fit venir un médecin.
Celui-ci constata qu'elle était enceinte,
et que l'émotion de la veille pouvait
très bien avancer le terme de sa gros-
sesse. En effet, elle accoucha, dans la
soirée, d'une petite fille, toute grêle et
toute chétive qu'on appela Fanny, et
à laquelle, la Gruchette, qui était en
train de sevrer son dernier marmot,
donna le sein.

L'enfant était à peine emmaillottée,

que Baba vint l'examiner. En la voyant blanche comme du lait, il fit une grimace de mécontentement : il avait, sans doute des préjugés, au point de vue de la couleur.

Il n'en soigna pas moins Christine avec beaucoup de dévouement. Celle-ci fut bientôt sur pied, et alors, on dut songer à prendre un parti. Comme la Gruchette était une excellente nourrice, il fut convenu qu'elle garderait Fanny. Puis, Christine Levert, accompagnée de Baba, se mit un beau matin en route. Le couple bigarré allait chercher fortune à Paris.

II

Bernillon, en se tâtant les côtes, s'était dit qu'il avait perdu, par sa faute, une position agréable, et devint tout mélancolique.

Ducroc, lui, commença par exhaler sa colère contre les gredins qui l'avaient trahi. Puis, il s'arrangea une existence calme et douce, à l'abri de nouvelles perfidies. Durant les premiers jours, tout alla bien. Mais la solitude lui pesa bientôt : il bâilla, soupira et finit par s'ennuyer, au point qu'une après-midi, il prit sa canne et sortit pour s'aller promener sur le Mail, dans l'espoir d'y rencontrer Bernillon.

Bernillon y était en effet.

Ils passèrent l'un près de l'autre, raides, pincés, sans se saluer ni sembler se voir. Mais, à peine s'étaient-ils croisés, qu'ils se retournèrent en même temps, et échangèrent involontairement un regard honteux.

Ducroc alla s'asseoir sur un banc, et Bernillon s'assit sur un autre banc, non loin de là. L'un grommelait un air de chasse entre ses dents, l'autre faisait des ronds dans la poussière avec le bout de sa canne. Ils brûlaient de se réconcilier, mais aucun ne voulait faire le premier pas. Le hasard se chargea de l'affaire.

Un coup de vent emporta le chapeau de Ducroc. Bernillon se précipita, rattrapa le volage couvre-chef, et le remit à son propriétaire. Celui-ci le remercia.

— Il n'y a pas de quoi, fit Bernillon.

— Si. Mon chapeau pouvait aller
loin.

— C'est vrai qu'il fait un vent ! Et...
vous allez bien, capitaine?

— Oui, pas mal... Et vous?

— Assez bien, Dieu merci !

— Cependant, vous avez été... souf-
frant, je crois? demanda Ducroc en souriant.

— Un peu, fit Bernillon en souriant
aussi.

— Un accident, m'a-t-on dit?

— En effet, capitaine, un accident.
Et tous deux d'éclater de rire.

— Hein, brigand ! s'écria Ducroc,
conviens que tu ne l'avais pas volé !

— J'en conviens, dit Bernillon, cependant ça été dur.

— Pas assez, car tu t'es conduit comme le dernier des polissons.

— Oh !

— Certainement... Dans la maison d'un ami... Ne pas respecter le toit... Tu as beau sourire, c'est comme cela... Moi, d'abord, je ne me serais jamais permis... Pense donc, un ami, c'est sacré !

— Farceur de capitaine !

— Farceur toi-même ! Tu me fais rire malgré moi.

Ils causèrent quelque temps en se promenant sur le Mail, puis ils entrèrent au Café du Commerce où ils prirent un verre d'absinthe. Il était impossible qu'ils ne dînassent pas ensemble. A cinq heures, ils descendirent chez Ducroc. Force leur était de passer devant le logis de la Gruchette. Celle-ci, assise

16

sur le seuil de sa porte, tenait son
nourrisson dans ses bras. Ils firent un
demi-cercle pour l'éviter ; mais, à leur
approche, elle se leva, traversa la rue,
et secouant Fanny qui braillait :

— Là, là, ne pleurez pas, mademoi-
selle, s'écria-t-elle, et faites une risette
à papa.

Ce disant, elle leur mettait l'enfant
presque sous le nez.

Les deux amis firent semblant de ne
rien voir et de ne rien entendre, et filè-
rent rapidement.

A vingt pas de là :

— C'est à toi qu'elle s'adressait, dit
Ducroc.

— Pas du tout, c'est à vous, capitaine,
répondit Bernillon.

— Par exemple !... Elle connaît tes
abominations.

— Ça ne fait rien. Votre position vis-
à-vis de Christine équivalait à celle d'un
mari.

— Mais non ! Pas le moins du monde !

— Oh ! Il y manquait si peu de chose.

Ils se taquinèrent, goguenardant et
se renvoyant la balle.

— Animal ! Tu n'as pas de cœur ! dit
Ducroc en finissant.

— Capitaine, vous êtes sans en-
trailles ! répliqua Bernillon.

Ils se mirent à table, et dînèrent co-
pieusement.

Ils redevinrent plus amis que jamais.
Une seule chose les affligeait, Bernillon
non moins que Ducroc, c'est que les
ressources de ce dernier, déjà fort en-
tamées, allaient chaque jour s'amoin-
drissant. Il fallait remédier à cela. Bernillon, qui était plein d'imagination,

s'avisa d'un expédient qui devait, en quelques mois, non seulement réparer les brèches de la fortune de son ami, mais encore la tripler. Ducroc le crut et le laissa faire. Malheureusement, soit que Bernillon manquât d'adresse ou peut-être qu'il en eût trop, l'opération tourna on ne peut plus mal, et Ducroc, en moins d'un an, se vit à peu près dépouillé de tout.

Bernillon ne l'abandonna pas complètement pour cela. Seulement, au lieu de l'appeler *Capitaine* comme autrefois, il ne l'appela plus que *mon pauvre Ducroc*, et même *Ducroc* tout court, quand il fut certain qu'il n'y avait plus rien à tirer de lui.

III

Un matin, la Gruchette vit entrer chez elle Bernillon.

— Eh! mon Dieu, monsieur Bernillon! Qu'est-ce qui vous amène?

— Où est Fanny?

— La voilà qui crie dans son berceau... Mais comment se fait-il?...

Bernillon, sans répondre, courut au berceau, prit l'enfant, et la couvrant de baisers :

— C'est ma fille! s'écria-t-il. Elle est à moi, je la reconnais.

La Gruchette était muette de saisissement.

16.

Un reste de bouillie chauffait sur
le feu. Bernillon s'en empara, et em-
piffra l'enfant avec une gaucherie si paternelle et si touchante, que la Gruchette se mit à verser de grosses
larmes.

— C'est donc vrai que vous la recon-
naissez, mon bon monsieur Bernillon?
demanda-t-elle.

— Parbleu! répondit Bernillon, en
replaçant la petite dans son berceau.

Puis, tirant de sa poche dix sous qu'il
donna généreusement à la Gruchette, il
sortit et se dirigea du côté de la mairie.

Une demi-heure après, Ducroc se
présentait à son tour chez la nourrice.

— Ma fille. Où est ma fille? s'écria-
t-il.

— Mais ce n'est pas possible! s'é-
criait la Gruchette au comble de la stu-

péfaction. M. Bernillon vient de venir,
et il a reconnu Fanny.

— Bernillon ! fit Ducroc furieux.

Il prit son chapeau et courut aussi à
la mairie. Dans cet établissement d'uti-
lité publique, il vit la reconnaissance
de Bernillon, et en fit une absolument
semblable.

— Abondance de pères ne nuit pas,
lui dit l'employé avec un sourire gra-
cieux.

IV

Pourquoi la petite Fanny, qui jusque-
là manquait de père, en possédait-elle
deux maintenant? C'est que Bernillon
qui avait des amis à Paris, venait de

recevoir d'un habitant de la rue Blanche, une lettre dans laquelle celui-ci se plaignait de sa modeste situation, et la comparait au sort de certaines femmes, une entre autres, nommée Christine Levert, morte la semaine passée dans sa maison, et qui laissait des mille et des cents.

Bien que cette lettre ne contînt aucune indication précise, Bernillon avait compris qu'il s'agissait de la Christine des anciens jours, et il s'était comporté en conséquence.

Quant à Ducroc, Mᵉ Guérin, notaire à Paris, lui avait écrit par le même courrier, pour obtenir des renseignements sur les héritiers plus ou moins probables d'une demoiselle Christine Levert qui avait été à son service. Aussitôt l'ancien marin avait fait les mêmes calculs que l'ancien soldat, et pris subitement d'amour pour la petite Fanny, s'était élancé vers la mairie.

Le soir, Ducroc alla trouver Bernillon. On sait qu'il ne mâchait pas ce qu'il avait sur le cœur. Bernillon, de son côté, n'avait aucune raison de se contenir. L'explication fut vive.

— Tu es un misérable ! s'écria Ducroc.

— Et toi donc ! fit Bernillon.

— Tu veux accaparer la succession de Christine.

— Et toi donc !

— Moi !... Tu oses soutenir...

— Pardieu !

— Prends garde, Bernillon !... Tu m'insultes !

— C'est possible.

— Tu me rendras raison.

— Quand tu voudras.

— Nous allons nous battre.

— Tout de suite.

Ils se battirent le lendemain. L'arme choisie était l'épée. Ils se mirent réciproquement six pouces de fer dans le ventre. Les témoins les ramassèrent et les chargèrent sur un brancard, après avoir déclaré que l'honneur était satisfait.

En route, on raccola un médecin qui suivit le cortège.

Son entrée en ville ne se fit pas sans ameutement de populaire. Tout à coup, une femme éplorée fendit la foule et se précipita sur le brancard : c'était la Gruchette. On la repoussa. Mais elle se pendit aux basques du médecin en criant :

— Ah! monsieur! tâchez au moins d'en sauver un!

V

Il les sauva tous deux.

Six semaines après, ils se promenaient : Ducroc appuyé sur une béquille, Bernillon sur une canne.

Ils se rencontrèrent.

C'était, bien entendu, toujours sur le Mail.

Ducroc alla droit à Bernillon.

— Ce n'est pas fini, lui dit-il.

— Je l'espère bien, dit Bernillon.

— Nous allons recommencer.

— Recommençons.

Cette mâle assurance fit réfléchir Ducroc.

— Nous faisons un métier de dupes,
finit-il par dire.

— Tu crois?

— Oui. La petite, faiblotte comme
elle est, ne peut pas aller loin.

— C'est probable.

— Je suppose que tu m'aies tué l'autre jour.

— Oui, supposons-le.

— Et que je t'aie tué aussi.

— Hum! Eh bien?

— Elle n'aurait plus de père.

— C'est juste.

— Et, qu'est-ce qui hériterait?

— Dame! Le fisc.

— Ce serait stupide?

— En effet.

— Donc, il ne faut plus nous battre.

— Comme tu voudras.

— Il faut soumettre l'affaire aux tri-
bunaux.

— Peuh !

— Nous allons plaider.

— Soit ! Plaidons.

Ils plaidèrent.

Ce fut un beau procès.

L'avocat de Ducroc trouvait sa cause
superbe.

Celui de Bernillon jurait que la sienne
était imperdable.

Les huissiers instrumentèrent, les
avoués grossoyèrent, les greffiers grif-
fonnèrent, les avocats glosèrent.

Ducroc comptait beaucoup sur une
lettre jointe au dossier, que Christine
lui avait écrite la veille de son départ
pour Paris. Cette lettre était ainsi con-
çue :

17

Monsieu Ducro

Ne croié pas les fau brui qui a courut sur mon conte. L'anfan es bien a vous. Vous pouvé l'ambrasé de confianse.

Sel qui vous pardone et vous ème.

CHRISTINE LEVERT.

— C'est concluant! s'écriait l'avocat de Ducroc.

Mais l'avocat de Bernillon produisait une autre lettre, également jointe au dossier :

Monsieu Bernilon

Ducro es un serain. Vous savé sc qui en es. L'anfan napartien qua vous.

Sel qui vous ème pour la vis.

CHRISTINE LEVERT.

C'était non moins concluant.

La petite Fanny était intéressée dans ce débat. Un tuteur spécial lui avait été donné. Il concluait à ce que les deux prétentions fussent repoussées, la paternité de Ducroc ne lui paraissant pas plus avantageuse pour sa pupille que celle de Bernillon.

Le ministère public inclinait en ce sens.

La Gruchette seule et quelques commères s'étonnaient que, sur deux pères qu'on avait sous la main, on ne se dépêchât pas d'en choisir un.

Les juges embarrassés invoquaient tout bas l'ombre de Salomon. Ils avaient mis l'affaire en délibéré.

Malheureusement, il était à craindre que l'avis du tuteur ne prévalût. Cela

donnait à Ducroc de vives inquiétudes.
Il alla trouver Bernillon.

— Nous plaidons, lui dit-il, c'est ridi-
cule.

— C'est toi qui l'as voulu.

— J'ai eu tort. Car, enfin, nous nous
mangeons en frais.

— D'accord.

— Et nous risquons de n'arriver à
rien.

— Comment cela ?

— Dam ! Il est possible qu'on rejette
nos deux reconnaissances, et qu'on nous
renvoie dos à dos.

— Tu crois ?

— C'est même probable.

— Qu'est-ce que tu veux que j'y fasse ?

— Rien de plus simple. Nous nous
disputons pour de l'argent ?

— Oui.

— Partageons.

— Comment?

— Que l'un de nous se désiste.

— Pas moi.

— Le sort en décidera.

Bernillon réfléchit. La proposition lui parut acceptable. Ducroc jeta une pièce en l'air.

— Pile ou face?

— Pile! demanda Bernillon.

La pièce retomba face.

— Tu vas te désister, dit Ducroc.

— Un moment! Il faut que nous fassions d'abord un petit écrit.

— A quoi bon? Tu as ma parole.

— C'est égal, c'est plus régulier.

Ils firent un petit écrit. Puis, Bernillon alla chez son avoué et signa un désistement.

Le lendemain, ils apprirent que Baba

intervenait au procès et réclamait Fanny
pour son compte. Un troisième larron !

Cela les fit éclater de rire.

— C'est trop joli ! s'écria Ducroc. La
petite est blanche comme un cygne, et
ce moricaud voudrait qu'elle fût à lui !

Mais l'avocat de Bernillon était un
habile homme. Il leur dit qu'il n'y avait
pas du tout de quoi plaisanter : les droits
de Baba paraissaient fondés, et il était
possible que le tribunal les admît. Ils
n'en revenaient pas.

VI

Il n'y avait pourtant rien là que de
parfaitement légal. Pour s'en convain-

cre, il suffit de savoir ce qui s'était passé entre Christine et Baba.

Quand on va chercher fortune à Paris, au-dessus de l'avantage d'être jolie femme, il faut placer celui d'être nègre... un beau nègre s'entend, bien noir et bien luisant.

Baba, d'emblée, s'était fait admettre en qualité de groom, dans un des plus riches hôtels de la Chaussée-d'Antin.

Christine, elle, comme blanche, n'avait pu se procurer qu'une mansarde et des travaux d'aiguille. En s'abîmant les yeux et les doigts, elle parvenait à gagner quinze sous par jour. C'était mesquin.

Baba venait la voir. Il ne cessait de lui parler de son amour, mais elle ne voulait plus l'entendre. La curiosité qu'il lui avait inspirée, s'était tournée en indifférence, au moins. Pourtant elle était misérable tandis que Baba avait mieux que du galon à son chapeau, il avait quelques écus dans ses poches. Il la secourut, lui donna une partie de ses gages. Bref, il fut si bon, si dévoué, si soumis, qu'un jour elle consentit à se laisser épouser, à condition qu'il reconnaîtrait Fanny.

Explique qui pourra cette résolution. Ennui, gratitude, affection maternelle, fantaisie ou lassitude, elle n'aurait pu elle-même dire au juste à quoi elle cédait. Baba, lui, sauta de joie. Le mariage se fit, et une reconnaissance formelle de l'enfant fut insérée dans l'acte.

Afin d'avoir Christine sous la main, Baba la fit entrer comme femme de chambre dans l'hôtel où il servait. Par malheur, le propriétaire de l'hôtel avait un fils de vingt ans qui s'éprit de Christine et disparut, un beau soir, avec elle. Baba, au lieu d'être plaint, fut jeté à la porte par le père pour n'avoir pas mieux fait son service... de mari.

Alors, il se mit à chercher l'infidèle. Un mari qui cherche sa femme, n'inspirera jamais en France que des idées drôlatiques, à plus forte raison si ce mari est un nègre. Partout où il demanda des renseignements, on lui rit au nez. De guerre lasse, il entra dans une nouvelle maison.

Un jour que, debout derrière la voiture de son maître, il parcourait l'avenue des Champs-Élysées, il aperçut Christine qui se pavanait dans une calèche, en grand falbalas. D'un bond, il fut à terre, arrêta les chevaux de

17.

la calèche, renversa le cocher, et,
grimpant sur le marchepied, empoigna
sa femme par le chignon. La malheureuse poussait des cris d'orfraie. On
accourut, on la retira toute meurtrie
de ses mains. Il fut arrêté et conduit
au poste.

Devant la justice, il excipa de sa
qualité de mari et ne fut condamné
qu'à six jours de prison.

Un Anglais qui le vit sur le banc de
la police correctionnelle le trouva de
son goût et voulut se l'attacher. Il lui
fit des offres. Baba les accepta et partit aussitôt pour Londres. L'Anglais
aimait à voyager, Baba voyagea.

Et c'est ainsi qu'il n'avait appris son
veuvage que six mois après la mort de
sa femme.

VII

Son intervention changeait complètement la physionomie du débat.

De nouvelles procédures eurent lieu.

Puis arriva le jour de l'audience.
Baba voulut accompagner son avocat.

— Gardez-vous-en bien, dit celui-ci,
vous gâteriez tout.

— A cause de quoi ?

— A cause de la couleur de votre
peau.

— Monsieur, la couleur de ma peau
est excellente, répondit-il fièrement, je
ne déteins pas.

— Sans doute, mais vous comprenez... la différence.

— C'est la couleur de la petite qui est mauvaise.

— A votre point de vue... Mais, je vous en prie, tenez-vous à l'écart... Je vous blanchirai de mon mieux.

— Je ne veux pas être blanchi.

Il n'y eut pas moyen de le faire céder.

— Après tout, se dit l'avocat, je noircirai la petite. Cela reviendra au même.

Les plaidoiries furent très remarquables. L'affaire avait fait du bruit, et les journaux de Paris en rendirent compte.

Le tuteur repoussait Baba comme il avait repoussé Ducroc et Bernillon. C'était, sous ce rapport, un auxiliaire pour Ducroc. L'avocat de celui-ci soutint, en se fondant sur l'histoire naturelle et l'anthropologie, qu'il y avait dans la cause impossibilité physique de paternité, et par conséquent impossibilité légale. A l'appui de cette thèse, il exhibait Fanny, amenée tout exprès, et faisait contraster sa blanche figure avec le noir museau de Baba.

Mais l'avocat de Baba tint ferme. Il fut inflexible sur les principes. La légitimation par mariage subséquent équivaut à la naissance en légitime mariage. Or, la règle *Pater is est*, n'admet pas d'exception. L'ordre public, la société tout entière étaient intéressés aux débats. Quel danger si le système des adversaires était admis, si la justice s'arrêtait à des questions de nuance! Bientôt, on verrait tous les maris bruns désavouer les enfants blonds dont leurs femmes accoucheraient. Enfin, il se prévalut des bizarreries de la nature et parla des veaux à deux têtes et des frères Siamois.

Cette péroraison produisit le plus
grand effet. Le tribunal, par un jugement fortement motivé, donna gain de
cause à Baba.

— C'est une monstruosité ! s'écria
·Ducroc.

— Une ignominie ! fit Bernillon.

— Un nègre le père de Fanny !

— Quelle bêtise ! Mais, mon pauvre
vieux, nous n'en sommes pas moins
ruinés... Les frais du procès auront
achevé de te mettre sur la paille... Que
comptes-tu faire?

— Moi, je quitte cet abominable pays
où les droits les plus sacrés, les droits
du père sur sa fille, sont méconnus...
Je retourne au Brésil rebâtir ma fortune... M'accompagnes-tu?

— Non, j'ai mieux que cela. Baba,
notre adversaire, qui avait des raisons

de me croire le vrai père, le seul, a été touché de me voir renoncer au procès. Je vais me faire son ami.

— L'ami d'un nègre !

— Il n'y a pas de couleur. Le tribunal l'a déclaré dans son jugement... fortement motivé... Adieu, Ducroc.

— Adieu, Bernillon !... Mais ne l'oublie jamais, c'est moi le père.

— C'est moi, et je ne quitte plus mon enfant.

Il ne la quitta plus, car il devint, comme il l'avait dit, l'ami de Baba, un ami fidèle qui l'aida généreusement à manger la fortune laissée par Christine, dès que la petite Fanny, la fille de trois blancs dont un nègre, passa de vie à trépas.

Cette fois, je constatai que j'avais séduit mon auditoire. Toutes les petites plantes souriaient. Quelques bouleaux se tordaient de rire. Sur les vieux arbres, des écorces éclataient. Bref, une folle gaieté courait dans le bois.

J'aurais dû être satisfait, je ne l'étais pas. Je blâmais le goût de mon public : cette dernière nouvelle pouvait être amusante, mais elle me paraissait d'un comique commun, trivial. Je lui préférais de beaucoup *le Pigeon*, par es-

prit d'opposition peut-être, parce qu'on
l'aimait moins. Les auteurs ont ainsi
des préférences marquées pour celles
de leurs œuvres qui n'ont que médiocrement réussi. C'est fort habile de leur
part. Ils sont toujours sûrs du succès :
d'un côté, le public le fait ; de l'autre,
ils le font.

Je me décidai donc, pour protester,
pour bien marquer mon goût, et aussi
en souvenir de mon cher Dautin, à
donner un titre unique au livre dans
lequel je réunirais ces nouvelles, les
miennes et les nôtres, et à l'appeler : *le
Pigeon.*

Pendant tous ces récits, le soleil de
mai baissait là-bas, derrière le bois, à
l'horizon. Le jardin s'emplissait d'ombre, quelques fleurs courbaient la tête,
ermaient les yeux et s'endormaient.

Je pris congé des hôtes de mon jardin, mais sans regrets cette fois. J'allais bientôt les revoir et me fixer parmi eux pour tout l'été, en famille, avec les chers enfants.

FIN.

Paris. — Impr. Paul Dupont, rue J.-J.-Rousseau, 41 (Cl.) 14.5.84.

LIBRAIRIE DE E. DENTU, ÉDITEUR

ROMANS D'ADOLPHE BELOT

Collection grand in-18 à 3 francs le vol.

L'Article 47, 15ᵉ édition.
Mˡˡᵉ Giraud, ma femme, 63ᵉ édition.
Hélène et Mathilde, 15ᵉ édition.
Deux Femmes, 12ᵉ édition.
Les Folies de jeunesse, 9ᵉ édition.
La Femme de Feu, 49ᵉ édition.
Les Mystères Mondains, 16ᵉ édition.
Les Baigneuses de Trouville, 15ᵉ édition.
Mᵐᵉ Vitel et Mˡˡᵉ Lelièvre, 11ᵉ édition.
Une Maison centrale de Femmes, 12ᵉ édition.
La Sultane parisienne, 12ᵉ édition.
La Fièvre de l'Inconnu, 9ᵉ édition.
La Vénus noire, 12ᵉ édition.
La Femme de Glace, 21ᵉ édition.
Une Joueuse, 14ᵉ édition.
Les Étrangleurs, 8ᵉ édition.
La Grande Florine, suite et fin des *Étrangleurs*, 8ᵉ édit.
Le Roi des Grecs, 7ᵉ édition.
Fleur-de-Crime, 7ᵉ édition.
La Tête du Ponte, 17ᵉ édition.
Les Fugitives de Vienne, 12ᵉ édition.
La Bouche de Madame X***, 53ᵉ édition.
Reine de Beauté, 25ᵉ édition.
La Princesse Sophia, 22ᵉ édition.

ROMANS ÉCRITS EN COLLABORATION

avec M. ERNEST DAUDET.

La Vénus de Gordes, 9ᵉ édition.

avec M. JULES DAUTIN.

Le Parricide, 7ᵉ édition.
Dacolard et Lubin, 6ᵉ édition.
Le Secret terrible, 8ᵉ édition.
Le Bossue, 2ᵉ édition.

Paris — Société d'imprimerie PAUL DUPONT (Cl.) 14 *bis* 5.84.